# 溺愛王子、無垢なる神子を娶る

CROSS NOVELS

小中大豆
NOVEL: Daizu Konaka

石田惠美
ILLUST: Megumi Ishida

CROSS NOVELS

# CONTENTS

CROSS NOVELS



CONTENTS

# 溺愛王子、無垢なる神子を娶る

小中大豆

illustration
石田惠美

# プロローグ

蒼玉国《ニイラム》の王子シャウーリャは、隣国へ輿入《こしい》れしたその日、夫から望まれていないことを知ってしまった。

「そういえば本日、例の『髭《ひげ》の花嫁』が到着したとか。……いかがでしたか」

緑溢《あふ》れ、花々の咲き乱れる広大な王宮庭園に迷い込んだシャウーリャは、少し離れた背の高い植え込みの向こうに数人の人影を見つけ、慌《あわ》てて身を潜めた。

婚礼前の今、人前に顔を晒《さら》すのはしきたりに反するからだ。

植え込みの向こうは泉水《せんすい》になっていて、その奥の四阿《あずまや》に人影があった。彼らに見つからないよう、直ちにここから立ち去らねばならない。

植え込みの陰に隠れながら、そろそろと元来た方角へ戻ろうとした時、先の声がして足を止めたのだった。

若い男の声で、声音に皮肉めいた色があった。「髭の花嫁」と彼が口にしたところで、複数のクスクスという嘲笑《ちょうしょう》が聞こえた。

シャウーリャはそうした笑い声に、屈辱《くつじょく》でかあっと全身が熱くなるのを感じた。

彼らが言う「髭の花嫁」とは、他ならぬシャウーリャのことだった。

「いかが、とは」

別の男の声が、素っ気なく応じる。その声を聞いた途端、シャウーリャの胸の鼓動は痛いくらい早くなり、背中に嫌な汗が滲《にじ》んだ。

素っ気ない声は、紅玉国《マァニク》の王子、シャウーリャの夫となる人物のものだ。

「殿下は花嫁を出迎えられたのでしょう。どのような方でしたか」

「やはり、髭が生えておられたのでしょうな」

最初の声に、また別の男の声が同調し、クスクスという笑い声が響く。

「さあな。ベールをかぶっていたから、顔はわからん。だが、背が低くて痩《や》せっぽちだった。銀髪を女よりも長く、尻の下辺りまで伸ばしていた。あれは手入れも大変だろう。花嫁道具もやたらと多かった。こう……おびただしい数の荷馬車が連なって。母国では、さぞ贅沢《ぜいたく》に育てられたのではないか」

王子も皮肉っぽい声音で応じる。

シャウーリャはすぐさまその場を立ち去りたかったが、足がすくんでままならない。彼らに気づかれないよう、膝《ひざ》を折ってその場にうずくまった。

シャウーリャをあげつらう会話は、まだ続いた。

「今さら申しても詮《せん》のないことですが、災難でしたな。よりにもよって殿下が、男の妃《きさき》を娶《めと》ることになるとは。我々の誰も想像しておりませんでした」

一人が言えば、「まことに」と、他の男たちの声も追随する。

「他に男色を愛《め》でる王族の方々もおられたでしょうに、殿下に白羽の矢が立つとは。宮廷の女たちが泣いております」

「俺だってそうだ。真似事とはいえ、初夜には男と同衾《どうきん》せねばならんのだ。想像するだけでゾッとする」

吐き捨てるような声だった。シャウーリャは泣きたくなった。

つい先刻、自分に優しい言葉をかけてくれた王子が、腹の底ではそんなふうに思っていたなんて。

「本当に儀式は真似事なのかと、ダミニ嬢がやきもきしておりましたぞ」

「彼女も気の毒に。このような因習さえなければ、陛下もダミニ嬢との婚姻をすんなりお認めになったでしょうに」

「ダミニにもきちんと説明したさ。彼女もわかってくれた」

「口ではそう言っても、心の内はどうでしょうな。彼女は殿下の妃になることをずっと夢見ていたのですから」

夫となる男には、すでに愛する女がいた。初めて知る事実に、シャウーリャの心はかき乱された。

顔も知らない夫と添い遂げるために、今日まで研鑽《けんさん》してきた。生まれ育った国を離れ、異国の地に嫁ぐ不安や恐れを押し隠し、この国と夫に尽くすつもりで来たのに。

王子はシャウーリャに何ら期待していなかった。むしろ、その存在を疎《うと》ましくさえ思っていた。

「とにかく婚姻の儀式さえ終われば、年寄り連中も気が済むだろうよ。ダミニとの関係は、これまでと何ら変わらん。髭の妃には……何がしかの慰めを与えよう。何しろ彼はそこにいるだけで、我が国に富と安寧《あんねい》をもたらしてくれるというのだから」

「美女をあてがっては？　いや、美男のほうがよいですかな。『髭の花嫁』ならば鶏姦《けいかん》をお好みかもしれません」

下卑《げび》た笑いが起こる。シャウーリャは膝を抱え、唇を嚙《か》みしめながら、自分を辱《はずかし》める声をじっと聞き続けた。

# 一

シャウーリャが生まれ育った蒼玉国《ニイラム》は、北に大山脈を頂く小国である。

この蒼玉国を起点として、南の大湿地、西に広がる砂漠、文明の交差点といわれる東の大峠《おおとうげ》まで、シャウーリャたち「石の民」と呼ばれる同一民族が居住している。

いにしえには地域ごとに小さな部族を形成していた「石の民」は、やがて大部族となり、それが小国へと発展した。小国は長い時間をかけて次第に統一されていき、現在は四つの国家となった。

それが蒼玉国、紅玉国《マアニク》、金剛国《ヒーラ》、翡翠国《パンナ》である。

これら石の民で形成される国家はすべて、古くから一帯で信仰されてきた「白神教《はくしんきょう》」を国教としている。

白き石の女神を神として崇《あが》めることが、石の民の証しであり誇りである。国は違えど石の民は同じ民族であり、元は一つであるという連帯感があった。

こうした同一民族間の連帯によって実現したのが、現在まで各国の王族の間で残る「白き花嫁」と呼ばれる風習である。

石の民は黒い髪と浅黒い肌が特徴だが、稀《まれ》に、雪のように真っ白な肌をした、銀髪碧眼《ぎんぱつへきがん》の子供が生まれることがある。

黒い髪の親同士から銀髪の子が生まれることもあれば、銀髪の親から生まれるのが黒髪の子であったりする。

子は親の特徴を持って生まれるのが生き物の習いなのに、石の民にはどういうわけか昔から、突然こうした子供が現れるのだった。

民たちはこの銀髪碧眼、白い肌を持つ子を、白き神が遣わした神聖な存在と考えた。

彼らは「白き神子《みこ》」と呼ばれ、宗教祭祀《さいし》をつかさどるようになる。

そして時代が下り、宗教が権力と結びつくと、各部族の長《おさ》たちは白き神子を妻に迎えて交わり、民が崇める神子と一体になることで己の権威を示してきた。これが「白き花嫁」の慣習の始まりである。

ただ、この慣習には一つ問題があった。

というのも、銀髪碧眼の特徴を持って生まれる子供が皆、男子だからである。

石の民は国家を形成する以前から、長男子相続を風習としていたことを鑑《かんが》みると、以前は女子の神子も生まれていたのかもしれない。

しかし、小国家が成立し、歴史が文字に刻まれるようになって以降は、神子として生まれるのは男子のみである。

さらに王族同士での婚姻が続いたからか、「白き神子」は王族や貴族、身分の高い一族からのみ生まれるようになっていた。つまり、王子や貴族の子息が男を捨て、花嫁となるのである。

それでも王族が神子を花嫁に娶る風習は続いた。

いつしかこの風習は、「王族が神子を娶ることで、国は神の加護を得られる」という意味に解釈されるようになり、各国の王族たちは国の安寧のために、神子たる男子を血縁の男子に娶らせたのである。

現在の四つの王国になってから二百五十年余り、世界各地から文化が流入するようになって、世相も変わった。民たちも以前ほど熱心には、神を信仰しなくなった。

特に若者の間では宗教離れが進んでいるが、それでも年配の人々、特に王侯貴族たちは白き神子を王族に引き入れることが、国の安寧に繋《つな》がると信じている。

ここ百年の間に銀髪碧眼の子の出生率が減ったことも、年寄りたちの信仰心を加速させた一因かもしれない。

シャウーリャが自国の記録で確認する限り、四つの王国とも徐々に神子の出生率が低下し、シャウーリャの蒼玉国を除く三国は、六十年前に紅玉国で一人生まれたのを最後に、出生が途絶えている。

同じく出生が減少しながら、それでもごく稀に神子が生まれるのは、蒼玉国だけである。

理由はわからない。シャウーリャの両親、蒼玉国の王と王妃は、自国こそが神の加護を得ているからだと言うが、シャウーリャ自身はあまり神の存在を信じていなかった。

いつか、蒼玉国でも神子は生まれなくなるだろう。他の三国では近年、白神教の衰退も著しいというから、将来は白き花嫁の風習もなくなるに違いない。

けれども今、シャウーリャが生まれた時代には風習が生きており、そしてシャウーリャは、十六年ぶりに蒼玉国王家に生まれた白き神子だった。

神子が現国王と王妃の間に生まれたとあって、当時は国中が盛り上がったらしい。周囲の三国も大いに祝福し、たくさんの使者が贈り物を届けに蒼玉国王宮へ列を成した。

将来その赤ん坊が、いずれかの国に嫁ぐことが決まっていたからだ。

神子はもう、蒼玉国でしか生まれない。そうして蒼玉国で生まれた神子は、他の三国王家のいずれかに嫁されることになる。

というのも、蒼玉国が主要な産業も資源も持たない、貧しい国だからである。

蒼玉国は四つの国の中で最も国の成立が古く、数百年の昔には東西南の三方に腕を伸ばし、広い国土を持った国だった。

かつての蒼玉国の王は、国を一つにする天下統一を試みたそうだが、これは失敗に終わり、その後の戦争で次第に領土を狭め、四王国が協定を結ぶ頃に現在の形になった。

その後も国としての権威がだんだんと弱まる中、四王国全体で神子の出生率が減少するのを見て、蒼玉国は自国を宗教国家へと転換させることで生き残りを図った。

神子と結びつきたい三国の王族に自国で生まれた神子を与えることで、見返りを得ようとしたのである。

見返りは金だったり、貿易条件だったり、軍備に乏《とぼ》しい蒼玉国に衛兵を派遣させることだったりした。

蒼玉国でのみ生まれるようになった神子を、一種の産業とした……と形容するのは、白神教の教徒として不謹慎だし、いささか情緒に欠けるかもしれない。

歴史の教師は、シャウーリャが産業と形容すると大いに慌てていた。でも本質はそういうことだと、シャウーリャ自身は考えている。

物心ついた時から、シャウーリャ王子は国の宝だ、と繰り返し言われてきた。確かにその通りなのだろう。自分の存在……髪や瞳、肌の色が、母国に富をもたらす。

シャウーリャは別に、そのことに皮肉を感じているわけでも、悲観しているわけでもない。

家臣も国民たちも自分の存在を神聖なものと信じ、敬ってくれる。両親も年の離れた兄姉たちも、シャウーリャを可愛がってくれた。

家族は、男でありながら異国に嫁さねばならない末っ子を、不憫《ふびん》に思っていたようだ。時に甘やかし、けれど我がままに育って嫁ぎ先で困らないよう、時に厳しく躾《しつ》けられもした。

四歳の時、紅玉国王の第五子、イシャン王子の許嫁《いいなずけ》になった。以降は、紅玉国出身の家庭教師を招き、様々な教育を施してもらった。

シャウーリャが歴史学や地理学に興味を示すと、父王は大学の専門家を教師に付けてくれたし、書物も望むだけ与えてくれた。

母国にいる間は、好きなことをさせてやりたいという思いがあったのだろう。

生まれながらに運命が決まっていることに、屈託がないわけではない。

でも、それを言うなら父や長兄だって、君主としての将来が生まれながらに定まっていた。母も他の兄姉も、王族としての義務を果たさねばならず、自由は少なかった。

小さな母国を少しでも豊かにできるなら、運命を甘んじて受け入れよう。

いつの頃からか、シャウーリャはそう割りきっていた。


新しい夫の話をシャウーリャが聞かされたのは、今から半年前のことだ。

「今朝、紅玉国から正式な書簡が届いたの。イシャン様の代わりが決まったわ。お前の旦那様は第四王子のヴィハーン様です」

王妃は息子のシャウーリャを自室に呼びつけ、どこか安堵《あんど》した様子でそう告げた。

「お年はイシャン様の一つ上だというから……おいくつになられるのかしら。いずれにせよ、今年で十九になるお前とは、年恰好《としかっこう》もぴったり合うでしょう。その下の第六王子はまだ幼いと聞くし、ヴィハーン様が承諾してくださってよかった」

ヴィハーンは二十五歳だ。シャウーリャは頭の中で計算する。

イシャンは今年で二十四歳になっていたはずだ。生きていれば。

シャウーリャの四歳からの許嫁、イシャン王子が昨年、病で亡くなった。

享年二十三歳。もともと病弱だったとはいえ、あまりにも若すぎる死だ。訃報《ふほう》を聞いた時、シャウーリャは涙が止まらなかった。

イシャンとは、顔を合わせたことすらない。でもその人となりはじゅうぶんに知っているつもりだ。

男の嫁を娶らされるという己の不運な境遇を、イシャンは幼い頃から受け入れていた。

シャウーリャの許嫁がイシャンに決まったのは、イシャンの祖父にあたる先代の王が強く欲したからだ。ぜひ我が国に「白き花嫁」をと、大金を積んで強引に話を進めたらしい。

紅玉国に嫁ぐことは、シャウーリャが生まれて間もなく決定した。

さて、では紅玉国のいずれの王子に嫁がせるか。

百年前なら、シャウーリャは王太子に嫁いでいただろう。でも今は、時代が違う。

同性同士、形式だけの婚姻関係を時代遅れの因習だという意見も出てきた。

保守的な蒼玉国でさえそうなのだから、四つの王国の中で最も先進的な紅玉国は、革新派からの反発も大きかったのだろう。

王子の中でも宮中に影響力の少ない、母方の勢力が弱く病弱な第五子が、白き花嫁の伴侶に選ばれた。それがイシャン王子である。

国家間で許嫁の約束が交わされた後、将来の夫の姿絵が送られてきて、シャウーリャは幼心に、優しそうな人だと思った。

それから季節の折々に、イシャンから手紙が届くようになった。

最初は幼い子供向けに、簡単な言葉を使って、紅玉国のことや身近な話題などが綴《つづ》られ、シャウーリャの成長に合わせて少しずつ、むずかしい表現が加わるようになった。

幼い頃は単純に、異国からの手紙を喜んだ。イシャンから手紙が届くのが楽しみで、時間をかけて丁寧に返事を書いた。

過去の公的な記録を紐解《ひもと》く限り、白き花嫁に夫が手紙を送る慣習はなかったから、イシャン本人か、彼の近くにいる人物が進言したのだろう。

物事がわかるようになって少しずつ、イシャンの手紙の端々に滲む、思いやりの深さを理解するようになった。

そうやって姿絵でしか知らない相手と、文を重ねることでお互いを理解し合った。

イシャンの字は美しく丁寧で、話題は王宮の庭園が多かった。生まれつき身体が弱かったイシャンは、なかなか王宮を出ることができなかったのである。

豊かな筆致《ひっち》で美しい王宮庭園が語られるたび、シャウーリャはいつか目にするだろう景色に心を躍《おど》らせた。大きくなってイシャンに嫁いだ時、彼と共に紅玉国の広大な庭園を見て回りたい。

優しい王子とならば、男でありながら異国へ嫁すこともつらくはない。形式的な夫婦であっても、きっと幸福な家族の形を見つけることができる。

自分の許嫁がイシャンでよかったと、シャウーリャは幸運に感謝していた。

シャウーリャの輿入れは、十八の春とあらかじめ決まっていた。

何年も前から準備し、輿入れ道具を揃《そろ》え、紅玉国に入るまでの手順を取り決めた。準備万端整え、数ヵ月後に輿入れを控えた十八歳の冬、イシャンの訃報を聞いた。

予感はあった。その前の年からイシャンは体調を崩して伏せり、なかなか回復しなかった。いつもより少し遅れて届いた手紙の筆跡は弱々しく、言葉はどこか散漫としていた。具合が良くないのだと、シャウーリャは心配していた。

でもまさか、この若さで死んでしまうとは思わなかった。

訃報を聞いたシャウーリャは悲しみにくれて、そんな自分に驚いた。イシャンが亡くなって初めて、彼がシャウーリャの中でどれほど大きな存在だったのか、気づいたのである。

嫁さずして夫を失った。このまま一生を喪《も》に服すのかと思ったが、紅玉国との縁談は続いていた。イシャンが亡くなって間もなく、二国間の話し合いで、シャウーリャを別の王子に嫁がせることが決まった。

紅玉国の現王には、四人の妻とイシャンを含めた六人の王子がいる。そのうち第三王子までは正室がいた。

慣例上、白き花嫁は側室ではなく正室でなければならないから、第四王子か第六王子のどちらかから選ぶことが決まった。

一年喪に服し、十九の春、いずれかの王子に嫁ぐ。

年の近い第四王子か、最も王位から遠い、十歳にも満たない第六王子か。どちらにせよ、シャウーリャは不安でたまらなかった。

イシャンとは、子供の頃から文を交わして交流があった。しかし、他の王子たちはどんな人物なのかまったく知らないのだ。

紅玉国では、ただでさえ白神教の信仰が薄れていて、王族の中でも白き花嫁を忌避《きひ》する者がいると聞く。

夫がそうした先進派であったら、シャウーリャは嫁ぎ先で肩身の狭い思いをするだろう。

様々な事態を想定し、相手が決まるのを戦々恐々としながら待っていた。

「……ヴィハーン様。そうですか」

彼はどんな人となりなのだろう。相手のことは名前と年齢くらいしか知るところはなく、喜んでいいのか悲しんでいいのかわからなかった。

「大変な美男子なのだそうよ」

よかったわね、というように母は微笑む。

何と答えればいいのだろう。シャウーリャは曖昧《あいまい》な微笑みを返した。

「旦那様によくお仕えして、幸せになりなさい」

母は祈るように言ってシャウーリャを抱きしめた。異国へ行く末息子のために、祈らずにはいられなかったのだろう。

母の気持ちは痛いほどよくわかったが、やはりどう返答をすればいいのかわからず、ただ自分よりいくらか細い母を、抱き返すしかなかった。

輿入れの準備はすでに、万端整っていた。準備なら何年も前からしてきたし、それが喪に服していたため、さらに一年延びたのである。

相手が決まれば、あとは嫁ぐだけだった。

十九歳の春、シャウーリャは何十台という荷馬車と、数名の侍女、それに紅玉国からの迎えの侍従たちと共に、遠い紅玉国の王都へと旅立ったのだった。


紅玉国は異民族の国と隣接し、相当な昔から交易路を整備して近隣はもとより、遠い大陸の果てにある国々とも交易を行ってきた。

歴史の中で何度も戦争を繰り返し、領土を広げたり狭めたりしながらも、時代が下るごとに着実に発展した。

現在では、石の民の四王国の中で、一番の領土と豊かさを誇る。

王政を取りながらも、国民を主体とした近代国家として大陸の国々に名を馳《は》せていた。

また、王族たちの多くが個別に事業を経営し、個人資産を形成していることでも知られている。

シャウーリャの育った蒼玉国の王族は、まず自分たちで働くことなど考えていなかった。

祭祀を中心とした公務を行うことが王族の義務であり、商人のように金を稼ぐのはむしろ卑しいことだと考える傾向があったから、同じ民族といってもだいぶ趣《おもむき》が異なる。

「ヴィハーン殿下は国王直系の王子の中で……いえ、王族の中でもたぐい稀な商才の持ち主なのですよ。第三王妃のお母様は地方貴族の出身ですが、そのお父上、ヴィハーン殿下のお祖父様は、鉄鋼業で一代にして巨万の富を築いた大実業家です」

馬車の車窓には単調な平原が続いていたが、シャウーリャは向かいに座る男の話を熱心に聞いていて、退屈はしなかった。

紅玉国に向かう約二週間の旅程は、ほとんどが馬車で座っているだけのものだ。暇《ひま》潰しの書物もあるが、舗装された道ばかりでもないから酔ってしまう。

最初の数日は退屈で苦痛だった。途中、国から連れてきた侍女に変わって、紅玉国からの迎えの使者の一人がシャウーリャの馬車に同乗することになった。

彼はダシャといい、三十二歳だという、ひょろりとした面長の男はおしゃべりで、しかし話題が豊富で語り口も軽妙なので、飽きなかった。

たぶん、シャウーリャが退屈しているのに気づいて、配置換えをしてくれたのだろう。

同じ男性なので何かと気安い。ダシャは元ヴィハーンの侍従で、今後はシャウーリャの侍従長となる予定だという。それを聞いて、少し安心した。

本当のところを言うと、侍従長は異性より同性がいいなと思っていたからだ。

シャウーリャの立場は特殊だ。身体は男でありながら、立場的には女の役割を担わなくてはならない。

幼い頃からシャウーリャには多くの女性の侍女が付いていて、身に着けるものも立ち居振る舞いも、女性的なものを求められてきた。

でもシャウーリャ自身は男だという自覚があるし、ことさら女になりたいわけでもない。義務だからそうしているだけだ。

生まれた時からそうしてきて、女性のように扱われることにはもう慣れていたが、身体の作りは男性である。

大人になっても異性に着替えを手伝われたり、手水《ちょうず》に付き添われたりするのが苦痛だった。

一つ一つは本当に些細《ささい》なことだし、生活に慣れた母国では我慢できたけれど、見知らぬ土地の見知らぬ侍女から同じ扱いを受けるのだと思うと、気が滅入る。

だからこうして、よく気働きのできるダシャが侍従長に就き、その下にいる侍従たちも男女半々だと教えられて、ずいぶんと心が軽くなった。

「ヴィハーン殿下は十八歳の成人前から、母方のお祖父様に付いて経営を学ばれていました。母方のクムル家には他に何十人とお孫様がいらっしゃいますが、殿下は一番見どころがあるといわれていたのですよ。成人と同時にいくつか事業を譲られて……我が国の王族は、母親の実家から事業を受け継ぐことが多いのです……殿下はそうした事業を発展させ、新たな商いを展開しておられます。慧眼《けいがん》はお祖父様のカビーア・クムル様さながら、いや彼をも凌《しの》ぐと言われておりまして」

道中、紅玉国の一般的な知識から始まり、王宮のしきたりや国の制度について、ダシャはあらゆる方面の解説をしてくれた。

思いつきのようでいて、きちんと筋道を考えているのだろう。基本的な知識はシャウーリャも勉強していたが、知らないことも多くて新鮮だった。

学ぶことは好きだ。知識は好奇心を満たしてくれる。シャウーリャの場合はただ知るだけで、得た知識を生かせないのはもどかしいけれど、新しい事柄を学ぶのはいつだってワクワクした。

ダシャの話は面白い。今時の語り口調を用い、たまに明け透けすぎるくらい、赤裸々《せきらら》に話したりもする。長い馬車の旅はあっという間に過ぎていった。

旅程も終盤に差し掛かり、平原の向こうに街が見えた。

王都の手前にある商業都市だ。そこで一泊して、また一日馬車に揺られれば、王都に着く。

「殿下は気さくな方で、国民にも人気があります。何より美男子ですし」

話題がヴィハーンに及ぶと、ダシャはいっそう楽しげになった。決して私情を露《あら》わにすることはないが、瞳のきらめきや声音から、彼が本来の主人であるヴィハーンを心から尊敬しているのがわかった。

ここに来るまでの間に、ヴィハーンは美男子だと幾度となく繰り返し聞かされていたから、やはり相当な美形なのだろう。

どんな顔形をしているのか。シャウーリャは頭の中で思い描いてみる。

イシャンとは、生前に何度か姿絵を交換し合った。細身の儚《はかな》げな美形で、大人になってもどこか少年めいていた。

シャウーリャも外見が中性的だといわれるから、姉妹みたいだなと思っていたのだ。

ああいう美貌とは違うのだろうか。ヴィハーンの姿絵はもらわなかったので、よくわからない。

「ヴィハーン殿下の人となりについて、もう少し聞かせてほしい」

シャウーリャが尋ねると、ダシャは、おや、というように眉を引き上げた。それから、主人に興味を示してくれたことが嬉しい、というように、にっこり笑う。

「お優しい方ですよ。誰に対しても、身分にかかわらず思いやりを傾ける方です。まあでも、普段はガキ大将みたいですけどね」

「ガキ大将……」

それを聞いて、すうっと血の気が引くのを感じた。

そういう手合いは苦手だ。子供の頃、年の近い長兄の息子たちや従兄弟《いとこ》たちに、「男女」とか「色なし」

といじめられたのを思い出す。

大人たちが気づいて怒ったけれど、それからもたびたび、大人の目を盗んでからかってきて、嫌でたまらなかった。

成長してからはだいぶ分別がついたようだが、やっぱり苦手なままだった。

急速に不安が増して、シャウーリャはダシャに尋ねた。

「ヴィハーン殿下は『白き花嫁』について、どのような見解を持っておいでなのか」

紅玉国は先進的な国だ。蒼玉国のように宗教観にこだわらず、神を信じない若者も多いと聞く。

宗教離れは王族にも波及していて、神を信じないのならば、『白き花嫁』も若い王族にとっては忌《い》まわしい風習に過ぎなかった。

ヴィハーンも、そのような考えなのだろうか。彼はシャウーリャとの婚姻をどのように考えているのだろう。

「私とそなたの間で遠慮は不要だ。ぜひ、ありのまま話してくれ」

そう付け加えた。急に膝を詰めるシャウーリャに、ダシャはびっくりした様子で瞬きする。

「ヴィハーン殿下も、近頃の紅玉国の若者と同様、先進的なお考えをお持ちなのだろうか。特にその……宗教的なことに関して」

ダシャは賢い男だ。シャウーリャが何を心配しているのか、瞬時に悟ったに違いない。

真顔になってシャウーリャを見つめた後、ゆっくりと口を開いた。

「そうですね。ありていに申しますと、ヴィハーン様は革新的なお考えの方です。人前で口にするのははばかられるのですが、『神などいない』などと仰《おっしゃ》っていて」

やはり。シャウーリャは膝の上で拳《こぶし》を握り込んだ。

「そして合理的な方です。仕事では時に、非情ともいえる判断をされることもあります。でも決して冷酷なわけではありません。それどころか、誰よりも思いやりのある方です」

ダシャが落ち着いた声で言葉を繋げた。

「殿下ご自身は、もともと女性が恋愛の対象で、同性に性愛の目を向けられないという方です。しかしそれとは別に、『白き花嫁』の慣習には反対のお立場でした。今の時代に人道的ではない、という意味で。シャウーリャ様の存在を否定する意図はございません。ご正室にお迎えする以上、たとえ同性であっても、殿下は決してあなた様を蔑《ないがし》ろにはなさらないでしょう。男女の夫婦とは異なるでしょうが、シャウーリャ様が紅玉国の王族の一員として、つつがなく生活できるように心を砕いてくださるはずです。今だけではなく、今後一生」

「一生……」

「そうです。夫婦であるかぎり、生涯ヴィハーン様はシャウーリャ様を大切になさるでしょう」

冷静で自信に満ちたダシャの声音に、募る不安がほんの少しほぐれた。

ヴィハーンのことはわからないが、ダシャは信頼できると思う。そのダシャがここまで言うのだ。ならばヴィハーンのことも信じてみよう。どうせくよくよしても、事態は変わらない。

「それを聞いて安心した。ありがとう、ダシャ」

シャウーリャが微笑んで礼を言うと、ダシャは照れたように頭を掻《か》いた。

「ヴィハーン様の王子宮は、とても美しくて住みやすい場所です。シャウーリャ様もきっとお気に召されると思いますよ。宮の近くに大きな泉水式庭園がありまして」

それは、イシャンの手紙にも綴られていた庭のことだった。聞けばヴィハーンの宮は、イシャンの庭の隣にあるのだという。

「大輪の薔薇《ばら》が咲くという、あの庭園か。一度見たいと思っていたんだ」

幼い頃から話に聞いて想像していた景色を、実際に目にすることができる。

不安ばかりだったシャウーリャの心に、わずかな希望と楽しみが芽生えた。


王都の手前の街で一泊し、日が明けるといよいよ王宮へ輿入れとなった。

朝早くから湯あみをし、髪を整え、旅装束ではなく花嫁衣装に着替える。石の民の祝い事、婚礼では特に赤い色が用いられるが、「白き花嫁」は靴の先に至るまですべて純白である。

顔には薄化粧をして、その上に前面が隠れる白いベールをかぶる。

夫以外に顔が見えないようにという、伝統的な花嫁の装いだが、顔の両脇がほんのちょっと空《あ》いているだけなので、これを着けるとほとんど前が見えなくなる。

おまけにシャウーリャの花嫁衣装は、蒼玉国の威信をかけた豪華なもので、たくさん飾りが付いていた。動くとシャラシャラ音がする。

非常に動きづらく、用を足すのもままならない。

シャウーリャは着替える前に果物と白湯《さゆ》を少し口にしただけで、その後は飲まず食わずで王宮に向かわねばならなかった。

白地に金の装飾を施した馬車に乗り、午前中に宿を発った馬車は、日差しが傾きかけてようやく王宮へ辿《たど》り着く。

シャウーリャは好奇心が抑えきれず、ベールの端を持ち上げてこっそり窓の外を見た。国から連れてきた年かさの侍女に「はしたないですよ」と叱《しか》られ、ダシャには笑われながらも、たびたびベールを持ち上げていた。

話に聞いていた通り、王宮の内部は広大だった。馬車に乗ったまま外郭の門をくぐった後、さらに内郭の門をくぐり、さらにしばらく揺られて、ようやくヴィハーン王子のいる第四王子の宮殿に到着した。

「さあ着きましたよ。馬車を降りて少し先に、ヴィハーン殿下がお出迎えになっています」

ベールで前が見えないシャウーリャのために、ダシャが説明してくれた。

ついに、夫となる人物と対面する。シャウーリャは緊張した。侍女に手を引かれてゆっくり馬車を降りる。

足下には分厚い絨毯《じゅうたん》が敷かれ、行く先に長く延びていた。シャウーリャが歩くと、シャラシャラと衣装の飾りが音を立てる。

ベールの下からかろうじて足元が見え、絨毯の両脇に大勢の人がずらりと並んでいるのがわかった。王子宮で働く人々だろう。

絨毯でできた道のりは、ずいぶん長く感じられた。やがて手を引いていた侍女の歩みが止まる。

「紅玉国へようこそ」

すぐ目の前で、よく通る男の声がした。侍女が横から「ヴィハーン殿下です」と、囁《ささや》く。

「ヴィハーンだ。初めまして、シャウーリャ妃」

侍女の声に男の声が重なる。力強い、自信に満ちた声だ。シャウーリャは怯みそうになるのをこらえ、侍女から手を離すと、膝を折って静かに頭を下げた。

「ヴィハーン・クムル・シャウス・マァニク殿下。白き石の女神の神子、シャウーリャ・ニィラムが聖なる王の血に身を捧げます。王の血が神子と混じり、女神の大地に末永き繁栄のあらんことを」

シャウーリャが淀みなく挨拶《あいさつ》をすると、周りに並んでいた人々から微《かす》かなざわめきが起こった。目の前のヴィハーンも息を呑《の》む。それは動揺の気配だった。

（正式な婚礼の挨拶なんだが）

戸惑われて、シャウーリャも困惑する。「白き花嫁」が王族へ嫁いだ際に交わす、儀礼の挨拶だ。最初に「白き花嫁」が挨拶をし、これに夫となる王族が同じく決まった挨拶を返す。

他にいくつものしきたりがあって、それをシャウーリャは子供の頃から教え込まれてきたのだが、もしかして王子は知らないのだろうか。

「……堅苦しい儀礼は、婚礼式の時でいいだろう。さあ立って。中に案内しよう」

ヴィハーンが、白けた場を取りなすように言った。しかしこれでは、膝を折って生真面目に挨拶をしたシャウーリャがバカみたいだ。

それでも渋々、シャウーリャは立ち上がった。

（ま、まあ、王子は若いし、革新派だというし。伝統的な作法を知らないのも仕方がないな。堅苦しいというか、すごく基本的な挨拶なんだが）

「手を取っても？」

心の中でブツブツ言っていたので、相手の言葉に対して反応が遅れた。

「あ、では、これまで通りにわたくしが」

隣の侍女が慌てたように言って、シャウーリャの手を取る。

返事が遅れただけなのだが、もしかしたらヴィハーンの言葉を無視したように思われたのかもしれない。ひやりとして、誰かに正解を尋ねたかったが、今の状態ではそれもままならない。

どうしよう、謝ったほうがいいだろうか。でもここで、そんなことをいちいち尋ねるのはおかしいかもしれない。

内心でオロオロしている間に、段差の低い石の階段をいくつか上がり、屋敷の中に入っていた。

「まずは、妃を部屋へ連れていったほうがいいな。この衣装では一人で歩けないだろう」

少し先を歩いているらしい、ヴィハーンが言う。

屋敷の主人が自ら、案内役を買って出るとは。というか、早くヴィハーンと離れて重い花嫁衣装を脱ぎたい。ベールを取って手水に行きたい。

婚礼前の夫がそばにいる限り、シャウーリャはベールを脱ぐことができないのだ。そういうしきたりだ。

家族と側仕えを除いて、花嫁は他人に顔を晒してはならない。婚礼前の夫も他人である。

よもや、王子が知らないわけはないと思うが。

「長旅で疲れただろう。知っての通り、婚礼式は明後日だ。明日は俺も準備があって、妃とはゆっくり時間が取れない。それでこの後、少し休んでもらって、屋敷の中を案内しようと思っていたんだ。侍従や使用人たちにも紹介したい」

ヴィハーンの話ぶりから推察するに、彼はシャウーリャが軽装で現れると思っていたようだ。

それがゴテゴテの花嫁衣裳でやってきたから、戸惑っているらしい。

しかし、それを言うならシャウーリャも拍子抜けしていた。

儀式は婚礼式だけではない。「白き花嫁」が相手の家に来た時から、細かに決まっている。

その後、王侯貴族が列席する中で神に婚礼を誓う婚礼式があり、初夜の儀式を終えて床入りし、翌朝の挨拶を経てようやく、一連の儀式が終了する。

花嫁はもちろん、夫となるヴィハーンをはじめ、紅玉国の人たちもそうした慣習は理解していると思っていた。国は違えど、同じ女神を信仰する石の民なのだから。

そう思っていたのに、一番初めの挨拶から省かれたので不安でならない。

（どこからどこまで省くつもりなんだろう）

「お茶……をしている時間はないか。夕食は一緒にできるかな」

ヴィハーンが先ほどから、ペラペラと一人で話している。

おしゃべりなんだな、とシャウーリャは心の中で独《ひと》り言《ご》ちた。ダシャもおしゃべりだが、それは場を盛り上げたり相手の緊張をほぐしたりするためだ。

でもヴィハーンは、勝手に一人でどんどん話を進めてしまう。しかも早口だ。こちらが返事をしようと「はい」の「は」の字を口にする前に次の話を始めるので、相槌《あいづち》を打つ暇もない。

だからきっと、相手もこちらの返事など求めていないのだと思っていた。

「……返事くらいはしてほしいのだが」

ところが、前を歩く男の振り返る気配がして、そんなことを言われた。シャウーリャは驚いて立ち止まる。

（それは、私に言っているのだろうか。いや、そうなんだろうな）

自問自答し、急いで口を開く。しかし開きかけたところでまた、ヴィハーンが先に話し出した。

「我が妻は口が利けないのか」

「恐れながら殿下」

苛立《いらだ》った声に、ダシャのたしなめる声が重なる。ダシャがひそひそと声を潜めて何やら囁いていたかと思うと、誰かの短いため息が聞こえた。たぶん、ヴィハーンだ。

「わかった。とにかく奥へ向かおう」

屋敷の主人の声と共に、一行はまた奥へと進んだ。

前の見えないシャウーリャは、どこをどう歩いたのかわからないが、かなりの距離を歩いた後、ようやく部屋に通された。

「ではまた後で」

ヴィハーンはそう言い残し、やはりこちらが返事をするのを待たずに去っていった。

（せっかちな人だな）

それがシャウーリャの、ヴィハーンの第一印象だった。


シャウーリャが通されたのは、正妃の私室だった。つまりシャウーリャの部屋だ。

ヴィハーンが去った後、ダシャが細かく、そしていささか急いたように、誰と誰がシャウーリャのそばに付くか名指しで指名した。

「私はこの後、ヴィハーン様にご報告に上がるため、少しの間この場を離れます。また戻ってまいりますので、その間はガウリカ殿にお世話をお任せしてよいでしょうか。部屋の細かいことは、こちらの二名にお尋ねください」

ガウリカというのは、シャウーリャが国から連れてきた年配の侍女である。他にも二人の侍女が付いてきてくれた。

ダシャは自分の部下である男性侍従を二人、シャウーリャやガウリカたちに紹介すると、慌ただしく去っていった。

「まあ、何とも忙しないこと」

ダシャを見送ったガウリカが、驚いたような、呆《あき》れたような声を上げた。

「お式の準備が、間に合わなかったのでございましょうかねえ」

「王子様はお忙しくていらっしゃるそうですから」

二人の侍女も口々に言う。それにダシャの部下が苦笑するような、困った声音で答えていた。

「いえ。こちらも準備を済ませていたのですが、行き違いがあったようです。申し訳ありません。それよりも、シャウーリャ様のお召し替えを致しましょう」

その声でようやく、シャウーリャは婚礼衣装を脱ぐことができた。

普段着ではないが、比較的身軽な略装に着替え、最初にしたのは手水へ行くことだ。

ベールを取って一人で動けるようになり、それでようやく周りを見ることができたのだが、正妃の間はとても豪華な部屋だった。

案内されたのは正妃専用の居間で、他に正妃の寝室と書斎、小さな食堂に応接室に衣装部屋、小さいが図書室もある。侍女や侍従の控え室もかなりの数があった。

この広大な王宮の敷地内には、王族たちの住居が点在しているというが、第四王子の宮だけでも相当な広さだ。

それに水が豊富で気候も温暖だから、庭には様々な植物がよく手入れされて健やかに育っている。

「とても広くて素晴らしいお部屋ですね。ただ、国から運んできた荷が入りきらないかもしれません」

手水の後にざっと部屋を案内され、再び居室に戻ると、まずガウリカがそう言った。

シャウーリャも同じことを思っていた。使用人たちがたっぷりのお茶と軽食を用意してくれたので、ようやく渇《かわ》いた喉《のど》を潤《うるお》すことができた。

長旅を共に経た侍女たちと、これから共に過ごす侍従も一緒にお茶に誘った。

「そうだな。図書室にはすでにじゅうぶんな書物があったから、入る余地はなさそうだ。当分、どこかに積んでおくしかないだろう」

国から運んできたたくさんの荷車のほとんどは、シャウーリャの蔵書である。

衣装や装飾品については、王子の正妻として恥ずかしくないようにとそれなりに誂《あつら》えたが、日用品と合わせても荷馬車一台で事足りた。

使者としてやってきたダシャが、一台だけの荷馬車を見て、「遠慮せず、持っていきたいものはぜんぶ持ってきて構いませんよ」と言ってくれて、荷馬車の手配もしてくれた。

それで言葉に甘えて、大事な蔵書を運べるだけ運んできたのだ。

といっても、貴重な本や古い本は国元に残してきた。花嫁道具としてこの国に来たのは、シャウーリャの蔵書の、およそ半分ほどである。

「え、あの荷は書物なのですか。衣装などではなく？」

ガウリカとのやり取りを聞いていた侍従が、驚いた顔をする。遠路はるばる他国から嫁いできた花嫁が、まさか山ほどの書物を運んできたとは思わなかったらしい。

「私は本を読むことが好きなのだ」

端的にシャウーリャは説明した。国元では歴史学などを勉強していたが、もうここでは以前のように、自由に勉強することはできないだろう。

「では目録を作り、それに合わせて書庫を用意してはどうでしょう。部屋は余っておりますし」

「それはありがたいが、旦那様にお伺《うかが》いしてみなければ」

そんな相談をしているうちに、ダシャが戻ってきた。

「行き違いがあり、申し訳ありませんでした」

現れるなり頭を下げるので、何をそれほど謝ることがあるのかと、シャウーリャのほうが驚いた。

「蒼玉国の方々が正式の装いでいらっしゃるのに、伝達がうまくいっておりませんで」

ダシャが額《ひたい》に汗をかきながら恐縮する。彼が言うには、蒼玉国にいた時から、本国へ幾度となく書簡を送っていたそうだ。

というのも「白き花嫁」の拵《しつら》えが、こちらが想定していた以上に本格的だったからである。

この風習を事前に勉強してきたダシャたちも知らない、礼儀作法や儀式のやり方がいろいろあるらしい。

「『白き花嫁』をお迎えするとは申せ、こちらでは、王族の一般的な婚礼の儀式を考えておりましたので」

「そうだったのか」

蒼玉国では当然のように考えていた「白き花嫁」の風習が、先進国である紅玉国には伝えられていなかったのだ。

両国が思い描く「白き花嫁」の輿入れに齟齬《そご》があると気づき、ダシャはその旨《むね》を書状にしたためてヴィハーンに送った。

さらに、この王宮に着く前日、手前の街からもシャウーリャの輿入れの衣装など、細々《こまごま》と連絡を送ったはずなのだが、これはヴィハーンにまで届いていなかったようだ。

それで先ほど、ヴィハーンが自分なりに妃を迎え、シャウーリャのほうは儀式に則《のっと》って挨拶をするという、ちぐはぐな顔合わせが生じたのだ。

「申し訳ありません。私の伝達不足です」

「大丈夫だ。驚きはしたが、理由がわかれば納得する。何も問題はない」

ダシャはしかし、まだ申し訳なさそうに、婚礼式は紅玉国のやり方で行われると告げた。

それも仕方がない。婚礼式は国王をはじめ、多くの王侯貴族が列席する披露宴である。何人も大勢関わっていて、前々から準備をしていたはずだ。そう簡単には変えられないだろう。

「私も紅玉国に嫁いだのだから、こちらのやり方を尊重しよう」

答えると、ダシャはようやく安堵したようだった。いくぶん表情を和らげる。

「それで、ヴィハーン様が先刻の食い違いを謝罪したいと申されているのです。お疲れのところ恐縮ですが、本日どこかでお時間をいただけないでしょうか」

「謝っていただくことなど何もないが、先ほどはきちんとご挨拶もできなかった。私からもぜひお会いしたい」

こちらから出向きたいところだが、ベールをかぶって移動するのは不自由だ。ヴィハーンが会いに来てくれることになった。

ベールのしきたりは尊重してもらえるようだ。少し安心した。

何も堅苦しいことが好きなわけではないが、すべて省略されたのでは、これまで子供の頃から努力して身に付けてきたことが、無駄になるようで悲しい。

「白き花嫁」は、花嫁であることが存在意義であり、婚礼の儀式こそが最も重要な役割なのだ。このためだけに努力してきた、と言っても過言ではない。

その努力が、ほとんどは徒労に終わるというわけだ。

(だがまあ、それも仕方がないか。伝統というものは、時代と共に廃《すた》れていくものだからな)

シャウーリャはそんなふうに考えて、自分を納得させた。

お茶を飲み終えて、念のためもう一度、手水に行ってからベールをかぶる。

到着時の花嫁衣装の上にかぶったベールではなく、もう少し簡易的な装飾のものだ。

婚礼式までの時間、自分の部屋以外では、こうした略装で人には顔を見せず過ごすことになっている。

やっぱり前が見えないが、正装より軽くて薄いので、胸元でそっとベールを押さえれば、ちらっと前が覗《のぞ》けた。

身支度を整えて待っていると、やがてヴィハーンがダシャに案内されてやってきた。

「疲れているところをすまない。それから、こちらで行き違いがあったことも謝罪する。居心地の悪い思いをさせてすまなかった」

シャウーリャの前に立つと、ヴィハーンが言った。

やっぱり早口だったが、今度はこちらが口を開くまで待ってくれた。

「いえ。こちらもきちんとしたご挨拶ができず、申し訳ありませんでした。改めまして、不束者《ふつつかもの》ではございますが、どうぞよろしくお願い致します」

シャウーリャが答えると、ちょっと笑う気配がした。嫌な笑いではない。それから目の前に手が差し出されたので、そっとそれを取った。

「こちらこそよろしく。初めて挨拶を耳にした時も思ったが、美しい声音だ。シャウーリャと呼んでも構わないかな」

「もちろんです、旦那様」

ヴィハーンはまたくすりと笑い、シャウーリャの手の甲に口づけをした。

男性が女性にするもので、シャウーリャは花嫁だがそんな扱いは受けたことがない。彼に手を握られたまま、ビクッと震えてしまった。

「雪花石膏《せっかせっこう》のような手だな。シャウーリャ、そなたの顔を見るのが楽しみだ」

やはり女性に対するようなことを言う。相手は夫で自分は妻なのだから、おかしくはないのだが、作法や儀礼は完璧でも、こういう色めいたことには慣れていない。

「おたわむれを」

ベールの下で赤くなり、おずおずと手を引いた。ヴィハーンは、するりとシャウーリャの手を撫でるようにして離れた。

「ダシャから聞いたかと思うが、婚礼式はこの国のやり方でさせてもらう。伝統を重んじるそなたには申し訳ないが、もう準備は佳境を迎えていて、今さら変えることはかなわないのだ」

「はい。構いません……」

私は紅玉国の花嫁ですから。そう付け加えようと思ったのだが、またもやヴィハーンが話す方が早かった。

「他にもいろいろ、慣れてもらわなくてはいけないだろう。そなたももう、紅玉国の王族の一員だ。少しずつでいいから、この国のやり方に慣れてほしい。俺ももちろん、できる限りそなたを尊重したいし、合わせられるところは合わせていきたい。たとえば話す速度とか」

「速度、でございますか」

「ダシャに、俺のしゃべり方はせっかちすぎると叱られた。蒼玉国の王族の方々は総じて、物腰や語り口がゆったりされているとか。紅玉国の人々はどちらかというとせっかちで、俺はその中でも特に気が短いらしい。俺も今後は気をつける」

ヴィハーンのことをせっかちだと思っていたが、相手からしてみれば、シャウーリャはずいぶん受け答えがのんびりしているらしい。

一人で話を進めていたのではなく、あれでもシャウーリャの返事を待っていたのだ。なのに、初対面の花嫁が何一つ答えないので、苛立ったのだろう。

「ありがとうございます。私も、なるべくてきぱきと話すよう、努《つと》めます。すぐにとはまいりませんが」

「ああ、少しずつでいい。今後のことも、婚礼式の後にゆっくり話し合おう。これから一生共に過ごすんだ。時間だけはたっぷりあるからな」

一生、という言葉を夫の口から直接聞いて、シャウーリャは急に結婚の実感が湧《わ》いた。

「イシャンが亡くなって、急に俺と結婚することになった。顔も人柄も知らない相手に異国から嫁ぐのは、たとえ女でも覚悟のいることだ。男のそなたはさぞ不安だっただろう。いや、今も不安なはずだ」

花嫁の心に寄り添う言葉に、ハッとした。

「だが形式的とはいえ、そなたは俺の妃となるのだ。俺はシャウーリャを幸せにする。そうする義務がある。すぐには安心できないかもしれないが、決してそなたを悪いようにはしない。それだけは約束する」

真摯《しんし》な声だった。この人はシャウーリャの、異国から嫁ぐ花嫁の心情をわかってくれている。

イシャンとは違うが、彼もまた心根の優しい人なのだ。

シャウーリャはヴィハーンの思いやりを嬉しく思うと共に、「白き花嫁」として、この王子に誠意をもって仕えようと改めて覚悟を決めた。

「ありがとうございます。私も早くこの国に馴染むよう努力いたします」

答えると、ヴィハーンがそっとシャウーリャの指先に触れる。シャウーリャは相手に手を差し出した。

「ああ。よろしく頼む」

温かいヴィハーンの唇が、再び手の甲に押し当てられた。先ほどより長い口づけに、シャウーリャは戸惑いながらも胸が高鳴るのを感じる。

唇が離れるのが、名残惜《なごりお》しくさえあった。

「では、今日はベールを脱いで、ゆっくり休んでくれ」

少しいたずらっぽい声に、シャウーリャも笑いを含んだ声で「はい」と応じる。

ヴィハーンが立ち去る時、好奇心を抑えきれず、ベールの端を押さえてちらりと布の外を覗いた。

ひっそりと息を呑む。

思っていた以上に、相手の姿が良かったからだ。

ほんの一瞬、横顔を覗いただけだ。細かな顔の造作はわからない。にもかかわらず、ヴィハーンが相当な美形だと認識できた。

若々しく涼やかな声音から、もう少し線の細い相手を想像していたのに、身体つきは逞《たくま》しく雄々《おお》しかった。

装飾のないスッキリとした白地の服を着て、身を翻《ひるがえ》した男の横顔の、滑《なめ》らかな糖蜜色《とうみついろ》の肌が鮮明にシャウーリャの瞳に映った。

大型の肉食獣が優美でしなやかに向きを変えるように、背を向けて去っていく。

もっと見たいという衝動に駆られた。ガウリカに小さな声でたしなめられなければ、そのままベールを持ち上げていたかもしれない。

（あの方が、私の夫となるのか）

夫婦となり、契《ちぎ》りを交わす。明後日には初夜を迎えるのだと思い出し、はしたない考えに及びそうになって、慌てて考えを振り払った。

「優しい方だな」

ヴィハーンが部屋を出た後、シャウーリャは控えめに言った。

ガウリカも「お美しい方でしたね」と、応じる。若い侍女たちは陶然《とうぜん》となっていたし、侍従たちは誇らしそうに顔を見合わせて、にっこりしていた。

夫となる人は、思いやりがあって美しい。それにみんなに慕われている。

シャウーリャはそれまでの不安が溶け、代わりに希望が満ちてくるのを感じた。重圧でしかなかった明後日の婚礼式が、待ち遠しくさえある。

ここでの生活は、きっとうまくいく――。

そう思っていたのに。


ヴィハーンは、シャウーリャに何ら期待などしていなかった。それどころか疎ましく思っていた。彼には結婚を約束していた女性がいて、これからも彼女を変わらず愛していくのだ。

(ひどい……ひどい)

シャウーリャは涙をこらえて泉水庭園から逃げ出した。幸福な気持ちが一転、悲しみと惨《みじ》めさに変わっている。

謝罪したいというヴィハーンと部屋で会った後、シャウーリャは気分転換にと、ほんの少しだけ一人で庭に出ることにした。

第四王子の邸宅の東の一角は、正妃専用の場所だ。居間の前には綺麗な芝生の庭があって、そこで少し日に当たるだけのつもりだった。

ところが、芝生の向こうに猫を見つけた。蒼玉国の王宮でも猫を飼っていて、シャウーリャも大好きだ。

人懐っこい猫が、庭をゆったり歩くのを追いかけているうちに、見知らぬ場所に出てしまった。ベールも持たずに出たから、人を見つけて尋ねるわけにもいかない。

それどころか人目を避けねばならず、身を低くしてコソコソ歩いている間に、すっかり帰り道がわからなくなった。

そんな時だ。ヴィハーンが数人の男たちと話しているのを聞いたのは。

恐らく、男たちはヴィハーンの側近だろう。シャウーリャのことを「髭の花嫁」と、侮辱的《ぶじょくてき》な言葉で呼び、ヴィハーンもそれを咎《とが》めなかった。

彼らの会話を聞いて、シャウーリャは知ってしまった。

先ほど、ヴィハーンがシャウーリャに話したことは本音ではなく、ただの社交辞令に過ぎないのだと。痩せっぽちで、男のくせに女の恰好をしている、「髭の花嫁」を本当の妻として扱うつもりなど、毛頭なかったのだ。

(だったら、そう言ってくれればよかったんだ。おためごかしなんて言わないで)

誠実そうな顔をしておいて、陰であんな悪口を言い、仲間と笑い合っていたなんて。

やみくもに歩いて、そうしたらいつの間にか、元の正妃の庭に戻っていた。消えたシャウーリャをガウリカたちは心配していたが、猫を追いかけて迷った、とだけ言った。

涙ぐんでいたのは、ベールもかけずに迷って心細かったということにして、何事もなかったふりをする。

その日の夕食は、婚前のベールをかけたシャウーリャに考慮して、正妃の小食堂で一人、食事を摂ることになった。

食事にはヴィハーンの名で、豪華な花束が添えられていた。ガウリカをはじめ侍女たちは、伊達《だて》男《おとこ》らしい気遣いを褒めそやし、シャウーリャも表向きは喜んでいるふりをした。

でもう、シャウーリャはヴィハーンのことが信じられなかった。

## 二

シャウーリャが紅玉国《マアニク》の王宮に到着して二日後、ヴィハーンとの婚礼式が盛大に行われた。

ヴィハーンは、婚礼式は紅玉国式でいくと言っていたが、実際には「白の花嫁」を迎える伝統的な儀式も合わさり、折衷式といったところだ。

「上王陛下をはじめ、信仰の厚い方々の希望もございますから」

というのは、ダシャが婚礼式の前日に教えてくれたことの一つである。

上王は、今から十数年前に生前退位した先代国王、つまりヴィハーンの祖父のことだ。

上王陛下は齢《よわい》六十余りでいまだ壮健だが、幼くして即位したために在位は長い。自分の死後、次代の王の存在感が弱まるとして、生前退位を決めた。

今は王宮を出て、王都の一角に居を構えているというが、まだまだその影響力は大きい。上王をはじめ、年配の王族たちは白神教に強い信仰心を持ち、シャウーリャを紅玉国にいっそうの繁栄をもたらす神聖な存在と考えているそうだ。

一方で現国王はそれほど信仰心を持っておらず、側近には革新派が多いことから、そもそも莫大な資金を投じて「白き花嫁」を迎えることに反対の立場だった。

今回の婚礼は、どちらの意も汲み取る形になり、神前の儀式も「白き花嫁」式と、通常の王族式とで、二度も行うことになっていた。

やらなくてはならない儀式が増え、おかげで婚礼前日から目の回るような忙しさだった。

仮眠を取って当日は夜明け前に起き、朝食もそこそこに身支度をする。

日が昇ると最初に、シャウーリャだけで「白き花嫁」の儀式が始まった。

通常の王族の婚礼とは違い、「白き花嫁」はその存在を迎えて神の加護を得るのが目的なので、花嫁の儀式がやたらと多い。

それでも、これまで国元で叩き込まれてきた作法が、役に立つのは嬉しかった。

「白き花嫁」は婚礼の儀式こそが、一世一代の晴れ舞台である。シャウーリャは全力で儀式にのぞんだ。

そこから休憩もなく、昼にはようやくヴィハーンと揃って神前式が行われる。それを終えるとまたシャウーリャ一人での儀式があり、日が暮れる前に少しだけ休んで、今度は夜の婚礼の宴《うたげ》、披露宴のための衣装に着替える。

披露宴には、ヴィハーンが用意した衣装を身に着けることになった。

当初は通常の王族の婚姻に倣《なら》って、ベールを着ける予定がなかったそうだが、ヴィハーンが命じて急遽《きゅうきょ》、衣装に合うベールが用意された。

「ヴィハーン様がご配慮くださってよかったですわ。今時の若い娘ならともかく、『白き花嫁』が初夜の前に顔を晒すなど、蒼玉国《ニィラム》では考えられないことですもの」

ガウリカが言う通り、伝統的な考えを叩き込まれてきたシャウーリャにとっても、披露宴で顔を見せることは、晒し者にされるに等しかった。

（でもこれはきっと、ダシャが殿下に進言してくれたからだろう）

侍女に異を唱えることはせず、胸の内でシャウーリャは独り言ちた。

四阿で耳にしたあのことは、結局誰にも言えなかった。誰に言えというのだろう。

侍女たちは、ヴィハーンに好印象を得て安堵している。侍従は彼を理想の主君として慕っていた。ダシャも元はヴィハーンの部下だし、シャウーリャの環境を良くするために駆けずり回っている。そんな彼に、この上さらに苦労をかけたくなかった。

今はただ、婚礼式をつつがなく終えることに注力しよう。そう決めて、不安や屈辱に蓋《ふた》をした。

「何とお美しい。ベールで顔を隠してしまうのが、もったいないくらいですね」

夕刻、披露宴の前、身支度が整ったシャウーリャを見て、侍従たちが感嘆の声を上げた。

婚礼の衣装は今日も白一色だった。

裾が広がった純白の絹の長衣に、細かなレースと銀糸の刺繡《ししゅう》がほどこされ、大小の蒼玉《サファイヤ》が散りばめられている。

シャウーリャも、自分の姿を大鏡に映して見た。

白と銀、そして冴《さ》え冴《ざ》えとした蒼色が全身を覆い、薔薇色の頰《ほお》と紅を差した唇だけが赤い。

左右対称の顔は冷たく、我ながら人形のようだと思った。

男のものでも女のものでもない、中性的で石像のように生気がない。これが女性の花嫁なら、初々しく生命力に溢れているだろうに。

「本当に、お美しいですよ」

ガウリカが涙ぐんでいる。シャウーリャも装いとしては完璧だと思っているが、どうしても鏡の中の自分が美しいとは思えなかった。

それに、たとえどんなに美しくても、ヴィハーンはシャウーリャに満足しない。シャウーリャが男で、偽の花嫁だからだ。

信仰心の薄い王族に嫁ぐことがどういうことか、あらかじめ覚悟はしていた。

若者の間で「髭の花嫁」と揶揄《やゆ》する言葉があることも知っていた。夫となる人から嘲笑を受けることも覚悟していたけれど、やっぱり実際に聞くとつらい。

この先も、こんな気持ちのまま一生を過ごすのかもしれないと考えると、今日の婚礼式は地獄の入り口のようにも感じて憂鬱《ゆううつ》だった。

「髭の剃《そ》り残しはないだろうか」

最後に鏡に近づいて、入念な確認をする。披露宴の後はいよいよ、ヴィハーンに顔を見られるのだ。わずかな隙《すき》も見せたくなかった。

「お髭ですか。まあ、ふふ。今朝、身体中の産毛《うぶげ》を剃りましたもの。大丈夫ですよ」

ガウリカが、おませな女児に対するように微笑む。

シャウーリャは体質的に、女性の産毛程度しか髭が生えない。思春期にちょっとだけ濃い産毛が生えたが、気になって抜いていたら生えてこなくなってしまった。

しかしたとえ産毛一本でも、今のシャウーリャには気にかかる。

「大丈夫です。シャウーリャ様の美貌には、王宮の美姫が束になってもかないませんよ。さあ、もう時間がありません。ベールをかぶりましょう」

なだめられて、ベールをかぶせられてしまった。完全に視界が遮《さえぎ》られ、手を引かれてヴィハーンのもとへ向かった。

「おお、美しいな」

ヴィハーンの声がして、手を取られた。今朝から何度か儀式を共にしているが、手を添えられるのは、今日はこれが初めてだった。

「女性より長身だから、よく衣装が生える。神々《こうごう》しいほどだ」

褒め言葉なのだろう。けれどお前は女ではない、と言われたようで胸がちくりとする。

「ありがとうございます。殿下の晴れ姿を見られないのが残念です」

こちらも社交辞令を返したが、ぎこちなくて棒読みになってしまった。

「なに、あとでいくらでも見られるさ。俺もそなたの顔を見るのが楽しみだ」

ヴィハーンは言って喉の奥で笑い、シャウーリャの手を引いた。

第四王子の宮を出て、馬車で披露宴の会場へ向かう。

王侯貴族が集まるという披露宴は、太陽の宮殿と呼ばれる、王宮の中心部にある建物だった。

戴冠式や宗教祭祀などが行われるのは王宮北西部の大聖堂で、太陽の宮殿は大勢の人が宴会を開く場合に使われるそうだ。

王宮の全体図はダシャに見せてもらっているし、太陽の宮殿の見取り図もおおよそ頭に入ってはいるのだが、周りはまったく見えない。ヴィハーンの手だけが頼りだ。

「緊張しているのか」

馬車で二人きりになった時、向かいに座るヴィハーンが言った。

「……少し」

「これから行く場所には人が大勢いるが、心配することはない。今のそなたは夜道を照らす月のように美しい。堂々としていろ」

四阿での会話さえ聞いていなければ、何てお優しい……と、感激していただろう。でも今は素直に受け取れない。

（美しいって。全身布に覆われて見えないくせに）

などと、ひねたことを考えてしまう。それでも表向き、「ありがとうございます」と、しおらしく答えておいた。

（夜道を照らす月のように、とは。歯の浮くようなセリフがよく浮かぶものだ。遊び人なんだな）

シャウーリャが内心でブツブツつぶやいている間に、馬車が停まった。

そこからまた、ヴィハーンに手を引かれてだいぶ歩く。次第に大勢の人の気配が感じられるようになって、シャウーリャはにわかに緊張した。

手を引くヴィハーンにも、それは伝わったのだろう。不意に強く手を握り込まれた。

「周りに侍従や使用人たちがいるが、気にするな。もうすぐ大広間に着く。国王夫妻と俺たちは、来賓より一段高い場所に座って、大勢の人たちからよく見える。だが隣には俺がいる。何か失敗しても俺が何とかするから、安心しろ」

力強い声だった。思わずホッとして「はい」とうなずく。

裏表のある人だとわかっているが、今の励ましはとても心強く頼もしかった。

そっと握り返すと、隣で小さく笑う気配がする。緊張とは別に、胸が高鳴った。

大広間の前に二人が着くと、扉の向こうの人々に、新郎新婦の到着が高らかに告げられた。続いて大きな銅鑼の音がして、中へと促される。

「行こう」

ヴィハーンに手を引かれ、シャウーリャは覚悟を決めて中に入った。

人々の気配とざわめきが二人を迎えた。来賓の人々の間を、ただ黙々と歩く。あちこちでひそひそと交わされる会話は、シャウーリャの耳にもよく届いた。

「あれが『白き花嫁』か」

「何て神々しい。素晴らしい衣装だわ」

「だが顔が見えないぞ」

「あれが本来の、伝統的な花嫁の装いなんですよ。昔は普通の花嫁もああだったんです」

「確かに衣装は美しいが、顔が見えないのではな」

「ベールを取ったら、とんでもない不細工かもしれんぞ」

「何しろ髭の……」

囁きの中に嘲笑が交じって、泣きたくなった。しかし、今は婚礼式の最中だ。

(私は白き神子だ。この儀式だけはきちんと終わらせなくては)

たとえ「髭の花嫁」と揶揄されようと、幼い頃から神子として育った。この矜持《きょうじ》だけはなくしたくない。

堂々としていろ、というヴィハーンの言葉を思い出し、うつむくことなくしっかりと歩みを続けた。

やがて広間の端に着いたらしい。ヴィハーンが手を引きながら、「段差がある」「椅子があるから座って」「あと一歩前に出て」などと細かく指示をしてくれた。

新郎新婦が着席すると、国王陛下が二人を寿《ことほ》いだ。その後は皆が酒を満たした盃《さかずき》を掲げて祝いの言葉を口にする。

シャウーリャも盃を掲げた。ヴィハーンが手を添えて導いてくれたので、危なげがない。

宴会の間はずっと、そうやってヴィハーンがシャウーリャを助けてくれた。

「……リャ。シャウーリャ！」

声をかけられ、はっと目を覚ました。瞬きをしたが、辺りは真っ暗だ。

息がすぐ目の前にある布に遮られて戻ってくる。ベールをかぶっているからだ。シャウーリャはすぐに、ここが馬車の中だと思い出した。

披露宴を終え、第四王子宮に帰っているところだ。宴会が終わった後、馬車に乗った途端にほっとして、意識が落ちていた。

「あ、も、申し訳ありません。少し意識が……」

慌ててしゃん、と背筋を伸ばす。向かいでくすっと笑う声がした。ヴィハーンだ。

「寝てたのか。仕方がない。今日は夜明け前から儀式ずくめだったものな」

「は……いえ」

甘さを含んだ低い声が心地よい。宴会の時もシャウーリャに気を配ってくれていたし、「髭の花嫁」をよく思っていないにせよ、彼は本当に他人を思いやれる人なのかもしれない。

「このまま寝かせてやりたいが、床入りの儀式が残っている」

「はい……」

緊張が戻ってきた。ぎゅっと膝の上で手を握り込む。

床入りといっても、形だけだ。本当にまぐわうわけではない。本人が四阿でそう言っていた。

「シャウーリャ、心配しなくていい。床入りといっても、本当に身体を重ねるわけではない」

ヴィハーンがなだめる口調で言った。

「ベールを上げるまでが儀式なんだろう？　せっかくだからお互いの顔を見て終わろう」

本当は、床入りの翌日の挨拶までが儀式なのだが、それは口にせずうなずいた。

「ダシャから聞いていると思うが、今夜は俺の部屋で寝てもらう。まあ……男同士だからな。形だけのことだ。そうかしこまることもない。重いベールを脱いだら、酒でも飲んで、軽く酒の肴《さかな》でも食べてくつろごう。俺しか見ていないから、行儀悪くしてもいいぞ。その代わり、俺のも多めに見てくれ」

シャウーリャの緊張を解こうとしているのだろう。明るく軽い口調で言うから、シャウーリャもくすっと笑った。

ダシャが言っていた、「ガキ大将」という言葉が浮かぶ。ヴィハーンを形容した言葉だ。

でもたぶん彼は、シャウーリャが想像したような、我がままで横暴なガキ大将ではなく、子分を思いやる男気のあるガキ大将なのだ。

(悪い人ではないのだろう。ただそう、男の花嫁が嫌なだけで)

形だけ、という部分を強調された気がする。

馬車が王子宮に着くと、ヴィハーンに手を引かれて彼の部屋へ向かった。

「酒と肴を用意してくれ。あと水もたっぷりと。宴会ではほとんど何も飲み食いしていないんだ」

部屋に着くなり、誰かに指示していた。

慌ただしく人が出入りする気配があり、さらに手を引かれる。

「奥へ行こう。寝室だ。とにかくベールを取らないと終わらない」

床入りの儀だ。どうやらヴィハーンの中では、ベールを取りさえすれば床入りの儀が終わることになっているらしい。

（それならそれでいいか）

シャウーリャもう、ここまで来て格式を重んじることは望んでいない。

二人は奥の部屋へ入った。ヴィハーンが扉を閉めると、隣室にいる人の気配が途絶え、静寂に包まれる。

シャウーリャはヴィハーンに促され、寝台の縁に腰を下ろした。ヴィハーンもそのすぐ隣に座る。

「ベールを取っていいか。取り方に作法があるのか」

座った途端に尋ねられた。きっと早く終わらせて、休みたいのだろう。

「どうぞ、殿下のお好きなようにお取りください。作法は特にございません」

相手に差し出すように、わずかにこうべを下げる。やや間があって、「じゃあ……」と、遠慮がちにつぶやきながら、ヴィハーンがベールの裾をつまんだ。

うやうやしい手つきで、ベールがゆっくり持ち上げられる。白い布の向こうから、糖蜜色の男らしい美貌が現れた。

シャウーリャはその顔に、思わず見とれてしまった。

一昨日、ベールの裾からちらりと彼を見たが、改めて見るとヴィハーンは本当に美しい男だった。

黒い眉がきりりとして、闇夜のような双眸は目じりが鋭く切れ上がっている。まつげが長く、鼻《び》梁《りょう》が高い。唇は少し大きめで、官能的だった。

黒い艶やかな髪は綺麗に撫でつけられ、恐らくシャウーリャに合わせたのだろう、白い婚礼衣装は華やかなヴィハーンの風貌によく似合っていた。身体つきががっしりとして逞しい。

そのヴィハーンは、ベールの下のシャウーリャの顔を見て、目を大きく見開いていた。

「……っ」

息を呑む音がして、彼に見とれていたシャウーリャは我に返った。ヴィハーンは、ひどく驚いた顔をしている。

（着飾った下に出てきたのがこんな棒切れみたいな男で、びっくりしたのかな）

それともやっぱり、鼻の下に産毛を見つけたとか。急に恥ずかしくなって、シャウーリャは目を伏せた。

それでもまだ、ヴィハーンはシャウーリャを凝視している。言葉もなくただ見つめられるので、こちらはいたたまれない。

「あの、そんなに……」

恥ずかしさに、まぶたと唇がわなないた。見ないでください、とはっきり言えず、口ごもってしまう。

相手はなぜか、そこでまた息を呑んだ。

「あ、け……化粧をしているのか」

ヴィハーンが口ごもりながら言う。男のくせに、と言われたようで、悲しくなる。

「少しだけ。でも、汗をかいてしまって……すみません。みっともなくて」

披露宴の前は綺麗にしていたが、今の自分はどんな姿だろう。顔はほんのわずかに白粉《おしろい》をはたいただけだったから、もうすっかり剝《は》がれてしまっているに違いない。

白粉が汗で剝げかけた顔なんて、みっともないに決まっている。

「……いや」

ヴィハーンはそれしか言わない。ここに来るまで軽快な口調や態度だったのに、今は声も動きもぎこちない。

「肌に……触れてもいいか」

押し潰したような声がした。怖いもの見たさなのだろうか。うなずくと、ヴィハーンはシャウーリャの頬に触れた。

最初はちょん、と指先で触れ、それからゆっくり頬から顎《あご》まで撫でる。

「滑らかだな。本当に……雪花石膏のようだ」

「それはたぶん、白粉のせいかと」

「白粉？　首筋にも塗っているのか」

「首は、いいえ。顔だけです」

シャウーリャの言葉を確かめるように、指先は頬を滑り、顎から首筋を撫でる。

「……んっ」

手つきがくすぐったくて、びくりと震えてしまった。小さく声が上がる。

ごくりと、相手が大きく喉を鳴らした。心なしかヴィハーンの息が荒い気がする。

「首筋も滑らかだ。まるで……いや、お前は本当に男なのか」

男女、といういじめっ子の侮蔑《ぶべつ》を思い出す。羞恥《しゅうち》に唇がわななき、シャウーリャはぎこちなくうなずいた。それにまた、ヴィハーンは息を詰める。

「……確かめても？」

上ずった声がした。どう確かめるのかわからないが、とりあえずうなずいた。

同時に、真剣なヴィハーンの態度に怖くなる。

シャウーリャの顔を見た途端、態度が一変した。さっさと儀式を終わらせようとしていたのに、執《しつ》拗《よう》にシャウーリャを検分している。

（私が何か、殿下を騙《だま》していると疑ってるのだろうか）

女だと思われているとか。それはそれで、問題はないと思うが。

相手の変化が不可解で、不安で仕方がない。不満があるなら言葉で言ってくれればいいのに、ヴィハーンは口をつぐんでこちらを凝視するだけだ。

ちらりと相手を見ると、その顔がすぐ間近に迫っているところだった。

驚いて身を引く。その勢いで寝台に倒れてしまった。ヴィハーンは真剣な顔のまま、追いかけるようにシャウーリャに覆いかぶさってくる。

撫でつけられた黒髪が額にこぼれたが、彼は気にしていないようだった。

「殿下」

いったいどうしたというのだろう。

「ヴィハーンだ。シャウーリャ」

男の指先が、襟《えり》ぐりからするりと滑り込んでくる。複雑な襟の紐を器用にほどき、シャウーリャの襟元を大きくくつろげた。

「ヴィハーン様。あ」

じっとこちらを見下ろす男の目が、ぎらついていて怖い。男の手はさらに襟の奥へ差し込まれた。

平らな胸を撫で、胸の突起を爪の先で軽く引っ搔いた。

「ひ……」

「吸いつくような肌だ」

シャウーリャが身をすくめたのを見て、ヴィハーンが目を細めた。カリカリと、何度も乳首を爪の先でいじられた。

「あ……や」

そんなところを他人にいじられたのは初めてだった。戸惑いと羞恥と、それから甘く痺《しび》れるような感覚が広がる。

（もしかして）

ここにきてようやく、シャウーリャはヴィハーンが何をしようとしているのか、うっすらとだが気がついた。

床入りは形だけだと言っていたのに、実践するつもりなのだろうか。

（いや、ひょっとしてこれも、『形だけ』のうちに入るのかもしれない）

てっきりベールを外して終わりだと思っていたけれど、そういえばヴィハーンがそう言ったわけではなかった。

ヴィハーンが言っていた「形だけ」というのは、こうして睦《むつ》み合い、結合の一歩手前で終わることなのかもしれない。

（そこまで考えてなかった……）

何をどこまでするのが、「形だけ」なのだろう。

乳首を擦《こす》られるだけなのか、それとも性器に触れ合うのか。もしかして、後ろも触れられるかもしれない。

(どうしよう。後ろは準備してない)

後庭は繊細な場所だし、女性器と違って潤わない。準備をしないまま乱暴にいじられたら、怪我をする可能性もある。

国元で、男同士の閨房《けいぼう》を教えてくれた講師がそう言っていた。

それに怪我もさることながら、半端な状態でヴィハーンに嫌悪されるのは嫌だ。

「で、殿下」

シャウーリャは勇気を出して、熱っぽくこちらを見つめる男に声をかけた。

「ヴィハーンと呼べ」

「も、申し訳ありません、ヴィハーン様」

相手の頬がぴくりと震えたので、聞こえているのだとわかったが、いらえはない。表情がなく、不機嫌なようにも見えて恐ろしかった。

シャウーリャは、怯《おび》えながらも懸命に声を上げた。

「申し訳ありません……わ、私は、準備をしていないのです」

「……準、備?」

ヴィハーンはそれに、ゆっくりと頭をもたげて聞き返した。

「あの、形だけというのは、ベールを取ることだと思い込んでいて……も、申し訳ありません」

こういう話は、どう言えば角が立たないのか見当がつかず、しどろもどろに訴えた。

シャウーリャの言葉を聞きながら、男の鋭い双眸が、大きく丸く見開かれていく。

準備くらいしておけと、怒られるのではないかと思った。

こちらが身をすくめた時、シャウーリャに覆いかぶさっていたヴィハーンが突如、弾かれたように身を起こした。

「あ……っ」

ヴィハーンが小さく叫んだ。たった今、夢から覚めたような、呆然《ぼうぜん》とした顔でシャウーリャを見る。

「あの……申し訳ありませんでした」

シャウーリャは横たわったままだったが、起きていいものかわからず、謝罪を繰《く》り返した。

「いや……」

ヴィハーンはまだ呆然としながらも、額にこぼれ落ちた髪をかき上げ、大きく息をついた。

「こちらこそ、すまなかった」

シャウーリャを見つめたまま、じりじりと寝台をにじり下りる。まるで猛獣に出くわして怯えているかのようで、そんなに嫌がらなくてもいいのに、とシャウーリャは悲しくなる。

しかし、寝台を下りて距離を取る間に、ヴィハーンはすっかり気持ちを立て直したようだった。

「お前の言う通り、ベールを取れば床入りの儀式は終わりだ。もうこれで、俺とお前は夫婦となった。それでいいいな」

まくし立てるように早口に言い、こちらがはいと答える前に、横たわったまま固まっているシャウーリャに手を差し出した。

「それでは、我が妻よ、これから末永くよろしく」

「は、はい。こちらこ……」

「隣に飲み物と軽食を用意させている。疲れているならこのまま寝てもいいが、腹が減っているなら何か口にするといい。湯あみをしたければ湯の用意もさせよう」

最初に顔を合わせた時と同じ、しゃべる速度が速すぎて、相槌が打てない。シャウーリャがもごもご返事をしかける間に、その手を取って起き上がらせた。

でもそれ以上は手を取ることはせず、パッと離れて身を翻す。素早く寝室の戸口へ移動するのを、シャウーリャは呆気《あっけ》に取られて見ていた。

「来ないのか。そのまま寝るか」

早く来い、ということだろう。シャウーリャは慌てて寝台から下り、ヴィハーンを追いかけた。

隣室にはすでに、軽食とは言いがたい贅沢な料理や酒杯が並んでいて、二人は隣り合わせに座り、もくもくと料理を食べた。

ヴィハーンは食事中、ほとんど口を利かなかった。酒をもっと飲むか、とか、こっちの料理も食べるか、と気遣ってくれるけれど、その口調も先ほどの婚礼式の時より素っ気ない気がする。

ようやく食事が終わると、また二人で寝室に戻る。

ところがヴィハーンは、シャウーリャを寝台に寝かせ、自分は窓辺の長椅子にクッションと毛布を持ち込んだ。

「同じ夜具では、落ち着いて眠れないだろう」

シャウーリャを気遣ってくれたのかもしれないが、落ち着いて眠れないというのは、自身のことを言っているようにも聞こえた。

「では、私が長椅子に寝ますので、殿下はこちらに」

部屋の主を寝台から追いやるのは、心苦しい。シャウーリャが寝台から下りようとすると、「いやいい」と、拒絶する声が返ってきた。

「自分が寝台に寝て、長椅子に女を寝かせるわけには……いや、お前は男か。……まあだが、とにかく、妻を長椅子には寝かせられない」

言いたいことはそれだけだ、というように、ヴィハーンはごろりと長椅子に横たわった。

毛布を顔半分まで引き上げて、目をつぶってしまう。これ以上は会話をする気がないようで、シャウーリャも諦めて寝台に横になった。

「……おやすみなさいませ、旦那様」

ぽそりと挨拶をする。返事はないだろうと思ったのに、少しの間の後、「ああ」と呻《うめ》きのような声と、「おやすみ」というぶっきらぼうな挨拶が長椅子から聞こえた。

ヴィハーンの天蓋《てんがい》付きの寝台は、シャウーリャには広すぎた。枕も敷布もふかふかで寝返りが打ちにくい。天蓋には色鮮やかな幾何学模様《きかがくもよう》が描かれていて、目がちかちかする。

(でも、儀式は終わった。これでもう夫婦なのだ)

胸の内でつぶやいてはみたものの、儀式が終わった解放感も、夫婦になったという実感もない。

何もかもがすっきりしないまま、しかし一日の疲れもあって、目を閉じるとすぐ、眠りに落ちた。

三

同じ石の民の国でも、紅玉国《マアニク》はシャウーリャの生国、蒼玉国《ニイラム》とはまったく別の国だ。

紅玉国に来て一週間余り、シャウーリャはそのことを痛感している。

歩調も話す速度も違う。蒼玉国の王族は、すべてにおいてゆったりしていた。

バタバタ足音を立てるなんてもってのほか、足早に歩いても「埃《ほこり》が立ちますよ」と、やんわりたしなめられるくらいだ。

相手の返事を聞かないうちから、自分が自分がと話すのはみっともないし、あまり早口だと「鳥みたいにやかましい」と言われる。それが当たり前で、他を知らなかった。

でも紅玉国の王宮では、シャウーリャは「万事においてのんびりしている」ようなのだ。

これは婚礼式の二日後、ヴィハーンと共に国王陛下の晩餐《ばんさん》に招かれた際、陛下本人から言われたことだ。

「かつて、蒼玉国に招かれた時も驚いた。こちらがいくら話しかけても、返事が一向に返ってこないのだからな。私が五言話す間に、蒼玉国の人々はようやく一言話す。いや、貴国は何ら変わりがないようだ。蒼玉国では百年一日のように、いまだ万事においてのんびりしているのだろう」

婚礼式を終えても、ヴィハーンとシャウーリャはしばらく忙しい。身内や知人から次々と、夫婦で食事に呼ばれるからだ。

披露宴とは別に、婚礼の後に家族や親戚と個別に会い、挨拶がてら親交を深めるのが紅玉国の習慣だそうで、これは王族も一般の国民も変わらないらしい。

そうした習慣に則って、最初に招かれたのがヴィハーンの父、国王陛下の晩餐会だった。

陛下には正室側室合わせて四人の妃がいるが、その日、彼の隣にいたのはいずれの妃でもなく、ふくよかな顔つきの愛妾だった。年は四十半ばだという陛下と同じか、ひょっとすると年上かもしれない。

神への信仰が薄く、革新派に近いという陛下は、シャウーリャに対して辛辣《しんらつ》な物言いをすることが多かった。

ほとんどは宗教的な因習への批判だったが、それが高じて蒼玉国やシャウーリャ本人への嫌味になることもしばしばだ。

「陛下の仰る通りです。私も早く、紅玉国の気風に慣れるよう努めます」

「ほう、殊勝なことだ。しかし、そなたの『早く』は、十年くらいかかるかな」

陛下があげつらうのを、愛妾とヴィハーンが同時に「陛下」とたしなめる。

「シャウーリャはすでに我が王族の一員、私の家族です。もうじゅうぶん慣れていますよ」

ヴィハーンが軽く睨《にら》むと、陛下は「わかっているさ」と苦笑し、それ以上はあからさまな嫌味は言わなかった。

ヴィハーンは外ではこうして、常にシャウーリャを気遣い、味方でいてくれるので頼もしい。

床入りの一件については、何が何だかシャウーリャにはわからなかったし、ヴィハーンも何も言わない。翌日からは寝室も別々だ。

あれから何となく、ヴィハーンの言動が素っ気なくなった気がするが、彼のことをまだよく知らない。婚礼式の前、雪花石膏のようだの、早く顔が見たいだのと歯の浮くセリフを並べたのはおべんちゃらで、素っ気ないのが普段の彼なのかもしれない。

同じ宮で寝起きしていても、用がなければ会うことはない。ダシャは彼を「ガキ大将」と形容したが、そうした子供っぽい振る舞いを実際に目にすることもなかった。

それでもともかく、ヴィハーンは完璧な夫だ。

陛下の晩餐会に招かれた翌日、正室と第二夫人の茶会に招かれた時も、シャウーリャにたびたび助け舟を出してくれた。

良き夫、素晴らしい人なのだ。彼がシャウーリャを気遣ってくれるのだから、自分も早く紅玉国に慣れなくては、と思う。

ヴィハーンと並んで歩く時は、できるだけ早足にした。すぐ息が切れてしまって苦しい。足にも豆や靴擦《くつず》れができたが、表向きは涼しい顔をしていた。

会話の速度も速くすることを心掛けた。気負うあまり、受け答えの間がおかしくなったり、早口になれずに舌を噛んだりしたが、慣れることが大切だ。

早く早く。早くこの国に慣れなくては。

気が急いて、夜もよく眠れない。でもそれもきっと、今だけだ。

「花嫁は小鳥のように小食なのだな。いや、しかし優雅だ。『白き花嫁』とはこうでなくては」

今夜は上王陛下、先代国王の宮殿に呼ばれていた。

シャウーリャをぜひ紅玉国にと、推した人物だ。「白き花嫁」を待望しただけあって、シャウーリャに対する態度も国王陛下とは正反対だった。

上王陛下の正妻はすでに亡くなり、側室たちは退位と同時にそれぞれ王都の郊外に屋敷を与えられ、今は各々の余生を過ごしている。

上王は退位後に新しい愛妾を持ったようで、今、彼の隣には、シャウーリャと似たような年恰好の娘が、煌《きら》びやかな衣装をまとって座っていた。上王はたびたび娘の腰に手を回し、愛妾も「陛下ぁ」と、甘い声でしなだれかかったりしている。

蒼玉国では、基本的に王族も側室を持たなかった。経済力が違うのだろうが、側室や愛妾を持つことが当然のようなこの国の気風を前にすると、胸の奥がつかえたような心持ちになる。

理解しなくてはと思いながら、心が追い付かない。

「若い頃、他国に嫁いだ『白き花嫁』を見て、雷《いかずち》に打たれたようになった。まさに神の御使《みつか》い、あれほど美しい人間は他にいないと思った。以来、我が国に『白き花嫁』を迎えるのが悲願だったのだ。そなたはかつて私が見た花嫁よりも美しい。私がもう少し若ければ、そなたを我が花嫁に迎えたかった」

上王陛下は、しきりとシャウーリャの美貌を褒めた。若い頃の思い出話は理解できるが、信仰心とはまったく関係がなさそうだ。

ねっとりと舐《な》め回すようにシャウーリャを見るのも、居心地が悪い。

「硬質な美しさ、完璧な美だ。女ではこうはいかん。美しい青年の身体こそ真の美、男同士の交わりこそ崇高な行為なのだ」

「美の講釈はもうその辺で。私の妻を困らせないでいただきたい」

返答に困っていると、ヴィハーンがきっぱりと言ってくれた。

「隣のご婦人もむくれていらっしゃる」

愛妾を指した。上王がシャウーリャばかり褒めるので、愛妾は先ほどから不機嫌になって、シャウーリャを睨んでいた。けれどヴィハーンが微笑みかけると、頬を赤らめて目を伏せた。

「無粋だな、ヴィハーン。女の尻ばかり追いかけているからそうなるのだ。どうせ花嫁にも手をつけていないのだろう。勿体《もったい》ないことだ。どうだ、今夜一晩、我が姫とそなたの花嫁とを交換してみるか」

老人がにやりと笑って舌なめずりするのを見て、シャウーリャはゾッとした。

「冗談でもやめてください。私の妻は私だけのものです」

にべもなく夫が答えるのに、シャウーリャは心の底から安堵する。けれどシャウーリャは、上王陛下がすっかり恐ろしくなってしまった。

もしもヴィハーンが心無い男だったら、自分は夫でもない老人に与えられ、蹂躙《じゅうりん》されていたかもしれない。

その後も上王は、物欲しそうな視線をシャウーリャに向け続けた。

食欲は湧かず、勧められる料理もほんの少し食べただけで胃が重くなった。

本来のシャウーリャは、上王の言うような小食ではない。細身のわりによく食べる。

しかし、蒼玉国を出てからはあまり食べられなくなっていた。

旅の途中は疲れと緊張で食事が喉を通らず、その緊張は今も続いている。連日の晩餐会やお茶会では食べた気がしないし、王子宮での夕食はヴィハーンと摂るので、こちらも緊張する。

自分の部屋で食べる朝食と昼食だけ、落ち着くことができた。

そうした環境に加え、紅玉国の料理は蒼玉国とまるで異なる。

蒼玉国は素材の旨味《うまみ》と塩味を大切にするのに、紅玉国は香辛料や匂いの強い調味料を多く使う。

こってりしたものも多く、中でもこの国で珍味といわれる、海魚の肝がシャウーリャは苦手だった。ご馳走なので、晩餐会によく出てくる。

勧められると断るわけにもいかず、いつも内心で泣きそうになりながら食べる。

上王の晩餐でも出され、しかも美味《おい》しいものだからと、しきりに勧められる。

どうにか無事に晩餐会を終えたものの、帰りの馬車では胃が重く、吐き気をこらえていた。

「上王陛下のこと、すまなかったな。気分が悪かっただろう。よく耐えてくれた」

向かいに座るヴィハーンが気遣ってくれたが、気持ちが悪くてそれどころではない。受け答えもそぞろになってしまった。

シャウーリャが機嫌を損ねたと思ったのか、気まずそうにする。

「明日は第三夫人と第四夫人、俺とイシャンの母の茶会だ。午後からだから、少しゆっくりできるな」

そう、明日もまた招かれているのだ。

婚礼式からこっち、ゆっくり休んだことがない。その後も従兄弟《いとこ》だとか伯父《おじ》だとかの顔合わせがあり、すべて終わるにはあと十日はかかる。

それに、晩餐会なら午後から身支度を始められるが、お茶会は朝から支度しないと間に合わないのだ。ちっともゆっくりできなかった。

「二人とも気の置けない相手だから、そう気を張ることはない」

「……はい」

夫の母と、夫になるはずだった人の母だ。気を張らないわけがない。ヴィハーンはシャウーリャを勇気づけようとしてくれている。それはわかっているのに、吐き気も手伝って恨《うら》み言《ごと》を言いたくなった。

どうにか吐かずに宮に着き、ヴィハーンにもきちんと挨拶をして別れることができた。

足早に自室に戻り、シャウーリャは胃の中のものをすべて吐いた。吐いてもむかつきが治まらず、しばらくは手桶《ておけ》を抱えてぐったりしていた。

寝る前の湯あみは手早く済ませたのに、湯あたりを起こしてしまい、侍従に抱えられて寝台へ移動した。

横になると、まだ胃がむかむかする。でももう、指一本も動かしたくないくらい、疲労困憊《ひろうこんぱい》していた。

胃の不調でその夜もよく眠れず、朝になる。身支度を整えるとすぐ朝食だが、とても食べられる状態ではなかった。

連日の睡眠不足で身体がだるい。時間ぎりぎりまで寝かせてもらうことにした。

「こんなことでへばって、情けないな」

心配そうにする侍女や侍従たちに、寝台に横たわりながら自嘲する。

「休みもなく招かれているのですから、お疲れが出るのも当たり前ですよ」

ガウリカは言う。しかし、ヴィハーンはシャウーリャと同じだけ晩餐会や茶会をこなしている。その間に通常の仕事もこなして激務なのに、疲れた顔一つ見せず、そればかりかシャウーリャをかばい、常に気遣ってくれる。

ヴィハーンは歩くのも早い。シャウーリャのようにバタバタ早足にしなくても、大股《おおまた》ながら優雅な足取りで素早く歩く。

同じ男なのに、どうしてこんなに能力が違うのだろう。自分もこの国のやり方に慣れれば、もっとうまくできるのだろうか。

身支度をする時間になったが、シャウーリャは起き上がることができなかった。寝台を下りると立ち眩《くら》みがする。

食べ物は喉を通らず、白湯を飲んだが、余計に気持ちが悪くなった。

「少し熱もあるようです。ヴィハーン様に申し上げて、本日は欠席させていただきましょう」

ダシャが進言したが、シャウーリャにはとても承知できなかった。

「殿下の母上、お姑《しゅうとめ》様との顔合わせなのだ。欠席するわけにはいかない」

断言して、遅れていた身支度を急がせた。出かける時間になって、ヴィハーンが迎えに来た。

シャウーリャは居間のテーブルに座り、ガウリカが国元から持ってきた胃薬を飲んでいるところだった。

「体調が良くないそうだな」

ヴィハーンが難しい顔をして部屋に入ってくる。

「いえ、大丈夫です」

シャウーリャは素早く立ち上がり、ヴィハーンへ歩み寄った。そのつもりだった。

何歩か歩いた時、頭のてっぺんからすうっと血の気が下りてきて、視界が暗くなった。

「シャウーリャ！」

真っ暗な中、ヴィハーンの焦《あせ》った声が聞こえた。

「では、ほとんど何も食べていないということか」

「お疲れが出たのでしょうな。きちんと休めば熱も下がるはずです」

人の話し声で、意識が覚醒した。覚めたそばから気持ちが急いて、なぜ寝ていたのかも思い出せないまま、早く起き上がらなくてはと思う。

しかし、身体が思うように動かない。

「やはり見た目の通り、女性のように扱ったほうがよかったな。あまり身体が丈夫ではないのだろう」

「恐れながら殿下。シャウーリャ様が虚弱なわけではございません。これだけ予定が過密なのですから、誰でも弱ってしまいますよ」

「母国を出て長旅の後、休む間もありませんでした。私どもはそれでも、交替で休めますが、シャウーリャ様のお身体は一つですから」

ヴィハーンの言葉に、ダシャとガウリカがそうではないと口を揃える。

「旅は、ヴィハーン様にとっては心躍るものでしょうが、異国に嫁ぐ方には不安なだけですからね。しかもシャウーリャ様が母国を出られるのは、今回が生まれて初めてのことだとか。長旅のお疲れはいかばかりかと」

年配の男の声が言う。ヴィハーン付きの侍従長のものだ。確か、アサーヴといったか。ヴィハーンがそれに、ふてくされた声を上げた。

「悪かったよ。俺の気配りが足らないということだろ」

「気配りはされていると思います。けれどお妃様にとって、ここが生家と何もかも違う異郷だということをもう少し、お心にお留め置きくださいませ。それに誰しも、ヴィハーン様ほど頑健で行動的ではないのですよ」

アサーヴが重ねて言えば、ヴィハーンはムスッとした声で「わかったよ」と、応じる。

みんながヴィハーンを責めるので、シャウーリャは申し訳なくなった。

「では、この後の晩餐会やお茶会はお断りしてよろしいですね。お妃様が回復されてから改めて、お相手を厳選し、こちらからご招待しましょう」

「……面倒なことはさっさと終わらせたほうが、妃の負担も少ないと思ったんだ。……ああ、ああ、わかってるって。何だ、みんなして。そんな目で見るな。もう俺一人じゃない、これからは何でも二人。相棒のこともちゃんと考えて行動するさ。夫婦ってそういうことだもんな」

いささか投げやりで子供っぽいヴィハーンの声を聞いたところで、シャウーリャの身体はようやく言うことを聞くようになった。

「……ヴィハーン様」

まぶたを開けて声を出すと、その場にいた全員が一斉にこちらを振り返った。

シャウーリャは自分の寝台に寝かされていた。居間から誰かが運んでくれたのだ。

そこで、自分が茶会に行こうとしていたのを思い出した。

「申し訳ありません、ヴィハーン様。今、何時ですか。お義母様方《かあさまがた》をお待たせしているのでは……」

起き上がろうとして、目まいがした。再び枕に沈み込む。みんながこちらに寄ってきて、ヴィハーンが真っ先に寝台の横に立った。

意識を失う前に見た彼は、前髪を後ろに撫でつけ、略式の礼装をきっちり着こなしていた。今は礼装の上着を脱ぎ、前髪も下りている。

「茶会は中止だ。寝ていろ」

「でも」

「母上にはもう、使いを出した。第四夫人には母から伝えてもらう。それで機嫌を損ねる人たちではないから心配するな」

気遣うような声音に、いっそう申し訳なさが募る。

「申し訳ありません。私が不甲斐《ふがい》ないばかりに」

大切な姑のお茶会が中止になってしまった。先ほど、ヴィハーンは侍従たちに責められていたが、それもシャウーリャが軟弱なせいだ。

「いや……」

シャウーリャが自由にならない身体で頭を下げるのを見て、ヴィハーンは戸惑った様子だった。あちこち視線をさまよわせていたが、やがて意を決したようにシャウーリャを見据える。

「いや、謝るのは俺のほうだ。自分本位な考えで、過密な予定を立ててしまった。遠い異国から旅をしてきた、お前の疲労を考えていなかった。すまない」

真剣な表情で謝罪をするので、今度はシャウーリャが面食らってしまった。「いいえ」と、かろうじてかぶりを振る。

「一番大事な婚礼式はつつがなく終わったのだ。まずは疲れを癒そう。親戚への挨拶は、いつでもできる。この後に入っていた茶会や晩餐会も断った。しばらくゆっくりしよう」

「私のために……申し訳ありません」

またたく間に、不安と後悔がシャウーリャを襲った。招待してくれた人たちに、失礼な奴だと思われないだろうか。神子などといって、我がままとか傲慢《ごうまん》だとか思われたらどうしよう。正妃の評価は、それを娶ったヴィハーンにも影響するのだ。

今からでも、どうにかならないだろうか。一日休めば何とかなる。

そうしたシャウーリャの焦りに気づいたのか、ヴィハーンは鋭い目元を和らげて、微笑んでみせた。

「いいんだ。本当に、お前が謝ることはないのだ。俺が面倒事を早く済ませようと、欲張ったせいだ。心配せずに、とにかくゆっくり休め。今は体調を整えることだけを考えろ」

優しく丁寧な言葉に、シャウーリャは涙が出そうになった。でも、ここで泣くのはみっともないし、ヴィハーンも困るだろう。

涙をこらえ、代わりに微笑みを浮かべる。

「ありがとうございます」

「あ、ああ」

心からの感謝だったが、シャウーリャが微笑んだ途端、ヴィハーンは怯んだように顎を引いた。ふいっと視線を逸らしてしまう。

「では。また明日、様子を見に来る」

早口に言って身を翻し、先を急ぐように部屋から出ていった。医者らしき老人と、ヴィハーンの侍従長アサーヴも、こちらに一礼をして後に続く。

彼らがいなくなると、ガウリカたちが甲斐甲斐しく水差しを持ってきたり、食べたいものはないかと尋ねたりしてきた。

まだ身体は水を含んだように重だるく、食事をする気になれない。そう言うと、侍従が赤い色の飲み物を持ってきてくれた。果実水だという。

「あ……これ」

一口飲んで、目が覚めた。砂糖の甘さと、ふわりと口の中に爽《さわ》やかな果実の香りが踊る。ガウリカがにっこりうなずいた。

「シャウーリャ様のお好きな、ザクロの果実水ですよ。何か口にできるものはないかと、みんなで探しましたて」

ザクロの果汁と砂糖でできた果実水は、シャウーリャが故郷で日常的に愛飲していたものだ。食べつけない異国の料理に食を細らせていたのを心配して、用意してくれたのだ。

「美味しい。久しぶりに飲んだ気がする。みんな、ありがとう」

さっぱりとした甘みの果実水を飲むと、胃のむかつきも少し治まった。身体が楽になり、眠たくなる。まだ外は明るかったが、そのまま眠ることにした。

「私の笑顔はおかしいだろうか」

枕を整えているガウリカに、ふと気になっていたことを尋ねた。

「ヴィハーン様は、私が笑う顔をお好きではないようなのだ」

彼の前ではあまり、笑わないほうがいいかもしれない。シャウーリャがそう言うと、ガウリカは「あらまあ」と驚いたように口元を押さえ、ふふっと笑った。

「いいえ。そんなことはございませんよ。シャウーリャ様の笑顔は可愛らしくて素敵です。作り笑いをする必要はありませんが、シャウーリャ様が笑われれば、旦那様もお喜びになります」

「そうか」

シャウーリャはうなずいたが、内心では納得していなかった。

お礼を言って笑った時、ヴィハーンはあからさまに顔を強張らせていた。それほど、見るに堪えない笑顔だったのか。それとも、男のくせに女のような成りで微笑むのは気色が悪いのかもしれない。

気づくといつも、あの泉水庭園でのヴィハーンたちの会話を思い出してしまう。

想像するだけでゾッとする……そう言っていた。男の嫁を、心の底では嫌悪しているのだろう。

(それでも私に親切にしてくれるのだ、あの方は)

個人的な感情を抑えて、シャウーリャをきちんと妃として扱ってくれる。

(もうこれ以上、嫌われたくないな)

枕に頭を沈めながら、シャウーリャは思った。

その夜もあまり眠れなかったが、朝は自然に目が覚めるまで寝かせてもらった。

起きてからも、ゆっくり最低限の身支度だけを整える。それだけでずいぶんと、気持ちが落ち着いた。

何も予定がないということが、こんなにも心を穏やかにするとは思わなかった。

「お顔の色がずいぶん良くなりましたね。熱も引いたようだ」

昨日の宮廷医が、今日も診察に来た。ヴィハーンに頼まれたらしい。無理はせずゆっくり休むように、と言われた。

昼は居間の前の庭に布を敷いて、外で昼食を摂った。侍従に付き添ってもらい、少し庭の散歩もする。

国を出てからこの方、ひとところにじっとしている生活が続いたので、足がなまっている。少し歩いただけでぐったりしてしまう。しかしそれは、心地よい疲れだった。

夕方になって、ヴィハーンが大輪の花を抱えて訪ねてきた。昼寝から起きたシャウーリャは、居間で夫を迎えた。

「昨日よりずいぶん顔色が良くなったな。気分はどうだ」

花束を渡され、嬉しかったのでつい笑みがこぼれそうになった。急いで顔を引き締める。

「ありがとうございます。もうずいぶん良くなりました。美しい花ですね。この香り、薔薇ですか?」

真っ白な花は、シャウーリャが知る薔薇の花とは形が違うが、香りは薔薇に似ている。

「ああ。純白で美しいだろう。まるでお前のようだと思ってな」

「あ……ありがとうございます」

歯の浮くような言葉に、こちらが恥ずかしくなってしまう。シャウーリャが美しいなんて、微塵《みじん》も思ってもいないだろうに。

「今夜の食事だが、こちらの食堂に運ばせてもいいか。もし俺と食べるのが気詰まりなら、一人で食べてもいい」

「あ、いえ。どうかご一緒させてくださいませ」

シャウーリャが応えると、ヴィハーンはホッとした顔をする。ずいぶん気を遣わせてしまったようだ。

「よかった。今日は特別な料理を作らせたのでな。お前の反応を見たかったのだ」

「特別、ですか。どのような料理でしょう」

「それはまだ秘密だ」

ヴィハーンは言って、いたずらっぽくにやりと笑う。声音も表情も楽しそうで、こちらもわくわくしてくる。

間もなく夕食の準備が整って、シャウーリャとヴィハーンは食堂へ移った。

食卓に並べられた料理を見るなり、シャウーリャは目を瞠《みは》った。普段、この宮殿で出される色鮮やかな料理とはまるで様子が違っていたからだ。

「これは……私の国の？」

蒼玉国の料理だった。羊の骨付き肉の塩茹でに、水餃子《すいぎょうざ》、焼き肉まん、どれもシャウーリャが食べ慣れた料理だ。

「お前が、慣れない異国の料理に食が細くなっていると聞いたんだ。蒼玉国とはまるで料理の種類が違うものな。苦手なものもあっただろう。当たり前のことなのに、考えが至らなかった。すまなかったな」

魚の肝の話を、侍従たちから聞いたのかもしれない。シャウーリャは大きくかぶりを振った。

「いいえ。この国に来たのですから、慣れなくてはいけないのに。私のために……お心遣い、ありがとうございます」

「そうすぐ慣れるものじゃないさ。食べてみてくれないか。お前の侍女を借りて、料理人に指示させたのだが、郷里の味になっているかな」

そういえば今日は、侍女の一人が姿を見せなかった。厨房《ちゅうぼう》に駆り出されていたのだ。

「では、いただきます」

久しぶりの故郷の料理だった。羊の塩茹で肉は蒼玉国の主食だし、水餃子も焼き肉まんもシャウーリャの好物だ。

少しずつ皿に盛ってもらい、シャウーリャはまず、焼き肉まんをかじった。隣で同じように皿に料理を盛られたヴィハーンは、じっとこちらの様子を窺《うかが》っている。

「美味しい。故郷の味です！」

一口食べて、思わず目を瞠った。侍女が作り方を教えて、この宮の料理人が作った。その料理人の腕が良かったのだろう。懐かしい味だが、蒼玉国の宮廷のそれより美味しい。

感激して、水餃子と羊肉も食べた。どちらも故郷の味だった。

「そうか、美味《うま》いか。よかったな」

ヴィハーンも嬉しそうに目を細める。

「はい。ありがとうございます、ヴィハーン様」

シャウーリャは、夢中になって料理を食べた。食べながら、自分がどれほど故郷に餓《う》えていたのか気づく。

国を離れて、何もかもが不安で寂しかった。みんながよくしてくれるのだから、そんなふうに思ってはいけないと自分を叱咤《しった》しても、心細さは消えなかった。

以前は食べることが大好きだったのに、この国に来てからは、慣れない味付けと心安らげない晩餐会とで、食事に苦痛さえ感じていた。

「……美味ひい」

「お、おい。大丈夫か」

ヴィハーンの戸惑うような声がして、シャウーリャも気がついた。いつの間にか、涙がこぼれていた。

「す、すみません」

こんなことで泣くなんて、みっともない。そう思ったが、涙が溢れる。

「美味しくて。すみませ……」

「あ、おい」

慌てて涙を拭ったが、それまで羊肉を手摑みしていたので、手がべたべただった。顔が汚れてしまい、オロオロする。

それを見たヴィハーンは、ふはっ、と笑いを漏らした。

恥ずかしくて顔が熱くなる。けれどヴィハーンは、笑いながらも自分の手拭きでシャウーリャの顔を丁寧に拭ってくれた。

「意外とおっちょこちょいだな、お前は。小さな子供みたいだ」

「う……返す言葉もございません」

ヴィハーンはそれにまた、ははっと声を上げて笑った。彼のほうこそ、子供みたいに飾らず、屈託のない笑みを浮かべている。

こちらを見る黒い瞳は優しく甘やかで、恥ずかしさとは別に、どぎまぎして顔が赤くなるのを感じた。

「いい。喜んでもらえたのなら、俺も嬉しい。食事もそうだが、これからはなるべく、お前の今までの習慣を生活に取り入れることにしよう」

「でも、それでは……」

いつまでも、この国に慣れることができないのではないか。シャウーリャの内心の不安を読んだように、ヴィハーンは優しく微笑んだ。

「さっきも言ったが、異国の習慣には、そうすぐに慣れるものじゃないだろう。この先もここで暮らすんだ。最初から無理を続けたら壊れてしまう。ゆっくりでいいんだ。いつか、気がついたら慣れていた、くらいで」

「……はい」

ヴィハーンは、懸命にこちらに寄り添おうとしてくれる、その心遣いが何より嬉しかった。また涙が出そうになって、慌てて瞬きをしてやり過ごす。

「それに、自分の国の料理でも苦手なものはあるしな。実をいえば俺も、魚の肝は苦手だ」

「そうなのですか」

意外だった。ヴィハーンはいつも、出された皿は綺麗に食べる。一口が大きくて、でも上品で美味しそうに食べるのだ。苦手なものがあるとは知らなかった。

「魚の肝は高級品だからと、みんなありがたがって食べるだろう。あれが子供の頃から不可解でならなかった。こっそり皿の下に隠していたら、母に怒られた」

「ふふっ」

思わず笑ってから、笑顔を見せてしまったと慌てた。でも今日は、ヴィハーンも顔をそむけたりしなかった。シャウーリャと同じように、ふっと楽しげに笑う。

「シャウーリャ。お前はもっと、我を見せていい。我がままを言ってくれていいんだ。つらいことを我慢して呑み込まないで、口にしてほしい。俺たちはもう家族なのだから」

「家族……」

ヴィハーンは、そう思ってくれているのだろうか。本当に？

（いや、この方はきっと、本気で仰っているのだ）

シャウーリャと家族になろうと努力している。そうでなければ、こんなにも心を砕いてはくれないだろう。

（私も、この方の家族になりたい）

自分は、形だけの妃だ。本当の意味で彼の妃にはなれない。

ヴィハーンには女性の恋人がいる。すでに愛する人がいるのだ。

それに男のシャウーリャは、そもそも彼にとって性愛の対象ではない。

妻にはなれない。でも、家族にならなれるかもしれない。シャウーリャは、ヴィハーンの家族になりたいと思った。

男の嫁を厭《いと》いながら、それでも彼がシャウーリャに心を尽くしてくれたように、シャウーリャも彼のために尽くしたいと思う。家族として。

「はい、ヴィハーン様。ありがとうございます」

この人の妻になれてよかった。新しい夫が、彼でよかった。

シャウーリャは心から幸運に感謝した。

# 四

休息と食事が効いたのか、シャウーリャはそれから、みるみる元気になった。

ヴィハーンの宮の料理人は、あれから蒼玉国《ニイラム》の料理をよく研究してくれて、朝食か昼食には必ず、故郷の食べ物が出るようになった。

国を出てから痩せる一方だった身体にも肉がつき、頬もふっくらして、血色も良くなってきた。

おかげで日中は散歩をして、広大な庭園を楽しんだり、国から持ってきた書物の整理をしたりする余裕も出ている。

「あの大荷物は、ほとんど書物だったのか。俺はてっきり、衣装か何かだと思っていた」

夕食で顔を合わせた時、空いた部屋を書庫にしたいと相談した。荷物のほとんどが書物だと言うと、ヴィハーンは驚いていた。

「申し訳ありません。私物はいくらでも持ってきていいというお言葉に甘えて、蔵書を持ち込んでしまいました」

「俺がいいと言ったのだから、謝ることはない。だが、そうか。お前は本を読むのが好きなのか。どんな書を読むんだ？」

この国に来て、ひと月近く経っていた。

ヴィハーンは仕事が忙しいようで、日中は宮にいないことも多いが、夕食だけは必ず、シャウーリャと一緒に食べる。

シャウーリャも少しずつヴィハーンに慣れてきて、以前ほどヴィハーンの前で気負うことはなくなった。

ヴィハーンの早口にも慣れたし、向こうもシャウーリャのゆっくりした話し方に慣れたようだ。最初は会話の速度が噛み合わなかったが、今ではごく普通に会話を交わすことができる。

「いろいろ読みますが、国では特に歴史や習俗を学んでいました。地理学も興味深いです」

「ほう。お前の蔵書を見てみたいな。空いている部屋は好きに使っていい。ダシャに言えば、書架の手配もしてくれるだろう。書庫ができたら俺にも見せてくれ」

「はい。必ず」

微笑むと、ヴィハーンも微笑み返してくれる。彼もこの頃は、不自然に顔をそむけたりしなくなった。

家族というにはまだ遠いが、上司と部下、くらいの間柄にはなっている気がする。

「ところでシャウーリャ。お前の体調が良ければ一度、母と第四夫人との茶会を仕切り直したいのだが」

食事を終え、食後のお茶を飲んでいると、ヴィハーンが遠慮がちに言った。

シャウーリャは思わず、ぴんと背筋を伸ばす。

「はい、ぜひ。私はもうすっかり元気です」

半月以上、ゆっくりさせてもらった。そろそろ正妃としての義務を果たさなくてはならない。

「茶会でも晩餐会でも、いくらでも大丈夫です」

気負って言うと、ヴィハーンは苦笑した。

「いや、他の親戚たちは、また別の機会にしよう。もう少し先……秋くらいかな。うちで晩餐会を開いて、まとめて招待するのはどうかな。そうすればいっぺんで終わるだろ」

「それはありがたいですが。大丈夫なのですか」

「構わない。お前がこの国の社交界に加わるなら、早いうちに顔合わせをさせようと思っていたが、お前はそういうたぐいの人間ではないようだしな」

「社交は、正直に申せばあまり得意ではありません。ですが、必要とあらば加わります。形だけとはいえ、ヴィハーン様の正妃としてお役目をいただけるのなら、精いっぱい務めさせていただきます」

「白き花嫁」はいってみれば、存在することに意義のあるお飾りだ。本来の正妃の役目は期待されていないだろう。

だが何か、少しでもヴィハーンの役に立てるのなら真面目に取り組みたい。それはヴィハーンに嫁ぐ前から決意していたことだったが、このひと月近く、彼の優しさに触れていっそう、役に立ちたいと思うようになった。

それでシャウーリャは自身の意気込みを語ったのだが、相手が驚いた顔をしているので、慌てて目を伏せた。

これはシャウーリャが勝手に思っていることで、ヴィハーンは望んでいないかもしれない。

「出すぎたことを申しました」

「い、や……そうじゃない。単純に驚いているだけだ。お前がそんなふうに考えていたとは思わなかったんでな。というか、俺はいろいろと誤解をしていたんだ」

ヴィハーンは言い、向かいの席で手元の茶器を見つめたまま、小さく嘆息した。

「誤解、ですか」

「ああ。『白き花嫁』は、蒼玉国にとっては大切な宝だろう。生まれた時から蝶《ちょう》よ花よと育てられたのだろうと、勝手に考えていた。ここに嫁いできた時、たくさんの荷馬車が連なっていた。きっと衣装や装飾品の山で、女のように着飾ることが好きなのだと思ったんだ。これも、俺の勝手な判断だな」

シャウーリャはまた、あの四阿での会話を思い出した。贅沢が好きなのだろうと、ヴィハーンは側近らしき男たちに言っていたのだ。

「それでお前はきっと、華やかな社交の場を好むのではないかと考えた。ならば早急に、王族や上級貴族たちと顔合わせをするのが大切だ。宮中の力関係をよく知らないまま、お前だけで招待を受けて、政治的な派閥に取り込まれるのもよくない。新郎の俺がどこにでも付いて回れるうちにと、晩餐会や茶会を受けてしまった。早合点で振り回して申し訳なかった」

婚礼式の後の過密な予定に、そんな理由があったとは。シャウーリャは驚いていた。どれも、シャウーリャのためを思って入れた予定だったのだ。

ヴィハーンは、シャウーリャが社交界で活躍するのが、この国での生き甲斐になると考えた。てんで見当違いだけれど、シャウーリャのことを考えてくれていたのは間違いない。

「そこまで私のことを気遣ってくださっていたのですね。ありがとうございます」

「……いや。そんな立派なものじゃない。ただ、俺の家族として迎え入れるからには、身の振り方をきちんとしてやらないと、と思っただけだ。成人して宮を構えた以上、俺はここの家長だからな。家族のことを考えるのは当然のことだ」

ヴィハーンは口早に言った。滑らかで浅黒い肌に、ほんのり朱が走る。照れているのだとわかって、シャウーリャはくすぐったい気分になった。

可愛らしい、と言ったら、ヴィハーンは怒るだろうか。

「しかし、実際のお前は決して着飾って人前に出ることが好きなわけじゃなかった。書物が好きで、真面目な頑張り屋だ」

そうだろう？　というように、シャウーリャを見る。今度はシャウーリャが照れてしまった。

「特別、頑張り屋というわけでは。それこそ、家族ですから、ヴィハーン様のお役に立ちたいと思うのは当然のことです」

「妃だからといって、誰しもそんなふうに考えられるものではない。お前は立派だ」

最後の言葉が、胸に深く刺さった。

立派だと、ヴィハーンが認めてくれた。嫁いでから少しも正妃らしいことができず、密かに気に病んでいたから、その言葉は嬉しかった。

「ありがとうございます」

思わず、微笑みながら涙ぐんでしまう。ヴィハーンが「うん」と言いながら視線を逸らしたので、慌てて表情を引き締めた。

ヴィハーンはシャウーリャを認めてくれたけれど、女装した男の嫁を許容できるかどうかは、また別の話だ。

視線を逸らして気まずかったのか、ヴィハーンはくしゃりと前髪をかき上げ、「ああ、えっと」と、言葉の接《つ》ぎ穂《ほ》を探すように声を上げた。

「だから、まあ、なんだ。挨拶回りは必要ない、という話だったな。そういうことだ」

「はい」

「で、母と第四夫人の茶会のことだが。こちらも気負う必要はない。母がお前を招待したのは、バルカ様がお前と会って話がしたいと申されたからだ。息子の許嫁だったお前と一度、ゆっくり会ってみたかったのだろう」

バルカというのは第四夫人、イシャンの母の名である。亡き息子の許嫁の顔を、見てみたいと望むのは不思議ではない。

「母とバルカ様は、年が近いせいか昔から仲がいいんだ。だから、俺がイシャンの代わりにお前の夫になったことにも、わだかまりはない。むしろ俺でよかったと喜んでくれた。イシャンは結局、お前の顔を見ずに逝ってしまったからな。代わりに会いたいということなんだ」

まだ成人して間もない息子を亡くした母の悲しみは、計り知れない。シャウーリャも、かつての許嫁の母に、ぜひ会ってみたいと思った。

「ご存知かもしれませんが、私はイシャン様と幼い頃から文通をしていたのです。今回、輿入れの際にもイシャン様からいただいたお手紙を持ってまいりました。お茶会の時に持っていって、バルカ様にお見せしてもいいでしょうか」

「ああ、そういえばイシャンから何度か、聞いたことがある。彼は病弱で、自由に外を歩き回ることができなかったから、お前と文を交わすのを楽しみにしていた。俺には一度も手紙を見せてくれなかったが。バルカ様もきっと喜ぶだろう」

ヴィハーンとイシャンの話をするのは、これが初めてだった。

二人の仲がどうだったのか、シャウーリャは知らなかったし、新しい夫に嫁ぐのに、元許嫁の話をしないほうがいいと思っていた。

でも今、イシャンの話題を口にするヴィハーンは、どこか懐かしそうで、そして寂しげだ。

母親同士が仲良しで、恐らく二人の王子の関係も悪いものではなかったのだろう。

「では近く、約束を取り付けよう」

茶会ではイシャンの思い出を聞けるかもしれない。今まで、茶会や晩餐会は緊張をするだけだったが、今回は楽しみだった。

「お前が嫁いできて、もうひと月近くになるか。俺は本当に、お前のことを知らなかった。おかげでお前に余計な負担や不自由を強《し》いてしまった。もっと最初から、いろいろと尋ねていればよかったな」

会話が途切れたところでふと、ヴィハーンが悔いるようなことを言う。

「そんな。ヴィハーン様は最初から、とてもよくしてくださいました。それにまだ、ひと月です。私もヴィハーン様のことを、まだよく存じ上げませんし」

形式的な妻なのだから、公的な場でそう扱えばいいだけで、あとは放っておいたところで、誰も咎めはしないのだ。ヴィハーンはよくしてくれるし、何も悔いるようなことなどないのに。

「確かに俺も、自分のことをあまり話さなかったな。実を言えば、俺はお前……『白き花嫁』をどう扱えばいいのか、戸惑っていたのだ。今もまだ考えあぐねている」

ヴィハーンの戸惑いは、シャウーリャにもよくわかる。

彼は国のため、王家のために、男の嫁を娶ることになったのだ。それも、前々から決まっていたことではなく、イシャンが急逝《きゅうせい》したために、お鉢が回ってきた。

何の心の準備もなかったのだから、扱いに困るのは当然のことだ。

「それは、仕方のないことだと思います。男色に興味のない方ならなおさら」

私の存在など迷惑なだけでしょう、と言いそうになって、口をつぐんだ。それはいささか、当てこすりめいた物言いだ。

「うん。お前を迎える前も、妻を男として扱っていいのか、女として扱うべきなのか悩んでいた。俺は男色が苦手だ。男を性愛の対象には見られない。だから最初は、男として扱おうと思っていたのだ。気持ちの上では妻ではなく、弟のような……家族として迎えようと」

「白き花嫁」の夫になるなど、彼にとっては厄介事を背負わされただけだろうに、本当にいろいろなことを考えてくれたのだ。

「ただ、実際のお前は予想以上にその、中性的というか……。それでやはり、女として扱うべきなのかと迷ってな」

言いにくそうにするので、シャウーリャはくすりと笑った。

「自分が男らしくないのは自覚しています。衣装も女物しか身につけたことはありませんし、立ち居振る舞いも女性らしくするよう躾けられました。心も女性なのかと問われると、それはよくわかりません。ただ物心ついた時から、殿方に嫁ぐことだけが決まっておりましたので」

銀髪碧眼で生まれた時から、男でありながら女のふりをすることが決まっていた。

それはヴィハーンにとっては、苛烈《かれつ》な運命に聞こえたのかもしれない。彼は一瞬、痛ましそうな顔をした。

シャウーリャはゆるくかぶりを振る。

「別につらいことではありませんでした。私は外遊びより、部屋にこもって本を読んでいるのが好きな子供でしたし」

「俺とは正反対だな」

思わず、というようにつぶやくので、シャウーリャはまたくすっと笑ってしまった。ダシャにガキ大将と形容されたヴィハーンは、きっと幼い頃もそのままだったに違いない。

「幼い頃から交流のあったイシャン様が亡くなって、別の方に嫁ぐことが決まってから、いかように扱われても仕方がないと覚悟しておりました。けれど、思いがけず優しく大切にしていただいて、ヴィハーン様には感謝しているのです」

こんなに尽くしてくれて、でもまだ足りないと後悔するヴィハーンのために、これは言っておこうと思った。正面から見つめると、ヴィハーンは軽く目を瞠った。

「ヴィハーン様の妻にしていただいて、本当によかったと思っております。ですからもう、それほど気を遣わないでください。私をあなたの家族だと言ってくださった。あなたが弟のように扱ってくださるなら、私もあなたを兄上のように敬愛致します」

シャウーリャの言葉に、ヴィハーンが見せたのは驚きと、それから安堵の色だった。

「そう……そうか」

ほっとした顔で、ヴィハーンはうなずく。

「よかった。いや、すまない。実質的な夫の役割を期待されたら、どうしようかと考えていたのだ。俺はどうしても、男は抱けない」

安堵が半分、でもまだ気詰まりそうに話すから、大丈夫ですよと微笑んで見せた。

「ヴィハーン様が大変な女好きだというのは、存じております。大勢の方と浮き名を流してこられたのだとか」

「な……それを言ったのはダシャだな。あのおしゃべりめ」

「いえ、ダシャだけではなく、あちこちで耳にしましたよ」

相手がうろたえるので、シャウーリャはくすくす笑った。ヴィハーンは恨めしそうに睨んでいたが、やがて自分でもふふっと笑いを漏らした。

「お前は俺の知るどの男とも違う。見た目も儚げで美しいから、まだこれからもたまに、戸惑うこともあるかもしれない。だがお前を嫌ってのことではない。それは知っておいてくれ。俺はお前を気に入っている。『白き花嫁』がお前のような男でよかった。シャウーリャを妻にしてよかったと思っている」

最後に思いがけず嬉しい言葉をもらって、シャウーリャは胸が震えた。

妻にしてよかった。シャウーリャが欲しかった言葉だ。かけられるはずのない言葉だと思っていた。

「ありがとうございます」

だからよりいっそう嬉しい。

二人で仲良く微笑み合って、温かな気持ちになった。

ヴィハーンが今まで、シャウーリャを見て顔をそむけたりしたのも、ただ戸惑っていたからだ。男のはずなのに、女のような外見をしていたから。

四阿で話をしていたあの時、ヴィハーンはまだシャウーリャのことを何も知らなかった。最初は気持ち悪いと思っていただろうが、今は違う。

彼はもう、シャウーリャを嫌ってなどいない。ヴィハーンの気持ちがわかって、安心した。

なのに、ヴィハーンの言葉が耳に残る。

——俺はどうしても、男は抱けない。

そんなことは、最初からわかっていたことだ。彼は男性を性愛の対象としないのだと、輿入れの時から聞いていた。

(ならば、なぜだ)

シャウーリャはそっと胸を押さえる。どうしてこの胸は、こんなにも痛むのだろう。

何も悲しむことはないはずなのに、ヴィハーンの言葉を思い出してちくちくするのが、自分でも不可解でならなかった。

ヴィハーンが大変な女好きだというのは、それこそ国中で有名な話らしい。

紅玉国《マアニク》に嫁いでひと月近くの間に、シャウーリャもヴィハーンにまつわる噂をあれこれ耳にしていた。

美男美女の多い王族の中でも、ひときわ美しいとされる第四王子は、昔から女性によくモテたそうだ。男にも秋波《しゅうは》を送る者がいたかもしれないが、こちらは彼にとって対象外なので、噂になったことがない。

十代の頃からたくさんの女性たちと恋愛を楽しんできたようで、ヴィハーンといえば、宮中では女たらしの代名詞のような存在らしい。

シャウーリャも実際、彼の言動を間近で目にしてきて、噂は本当なのだろうなと思う。

彼はとにかく、女性に対して親切だ。

たとえば廊下の曲がり角で誰かにばったりぶつかりそうになったとして、それが男性ならば「失礼」とでも言って立ち去るのがせいぜいなのに、相手が女性となると、「大丈夫か?」という気遣いと、優しげな微笑が加わる。

ヴィハーン付きの侍従に若手が多いのに対し、侍女が年配の女性ばかりなのは、軟派な王子に年若い娘が入れ上げないように、という配慮だと思われる。

しかしそんな、自分の祖母ほどの年の侍女たちに対しても、「やあ、薔薇の花のようだな」「皺《しわ》が寄っても変わらず美しい」などと言っている。

侍女たちも慣れたもので、適当にあしらっているが、ヴィハーンもめげた様子もなく、歯の浮くセリフを平然と口にする。

婚礼式の時、シャウーリャの肌を「雪花石膏のようだ」などと形容したのも、シャウーリャの外見が女性的だったからだろう。

女と見たらとにかく、呼吸をするように優しく扱い、甘い言葉を並べる。

王宮一の女たらしはしかし、宮廷でも人気があるようだ。美男子な上に明るく快活で、気さくな性格だからだろう。

ヴィハーンと、母を含む外戚にもう少し野心があれば、後継者争いに加わっていたかもしれない。

先王が退位し、現王の即位と共にその第一王子が立太子したが、今もヴィハーンを王太子に望む声があるのだとか。

本人は、政治に関わる気はないと頑としており、宮中のどの派閥に対しても一線を置いている。

代わりに彼が打ち込むのは、母方の祖父から受け継いだ商売だった。

生誕の際、先王から西北部の湖水地方を拝領し、母方の祖父からは鉄鋼業の一部を受け継いで、若手ながら実業家として財界に名を馳せている。

自分の富を増やすだけでなく、慈善事業や領地の福祉にも力を入れるヴィハーンは、国民から慕われていた。

領地にも頻繁に足を運ぶし、事業のためにあちこちの地方に赴くことも頻繁にあるというから、シャウーリャの生活が落ち着いたらいずれ、王宮を留守にすることも多くなるかもしれない。

「その時はあなた、シャウーリャを連れていってあげたら？　王子宮に一人でいたって、退屈でしょう」

薔薇の香りのする庭先でお茶を飲みながら、王の第三夫人が楽しそうに思いつきを口にする。名をアヴァンティカという、ヴィハーンの母である。

今日はヴィハーンと共に、第三夫人の宮へ来ていた。仕切り直しの茶会である。

彼女の隣で、第四夫人のバルカがおっとり同意した。

「いいわね。シャウーリャ様は地理学にも興味があると仰っていたでしょう。本の上だけでなく、実際にあちこち旅してみるのも勉強になるんじゃないかしら」

アヴァンティカは、ヴィハーンに面差しのよく似た、迫力のある美女だった。対してバルカは、たおやかで儚げな印象の美女である。

二人とも、シャウーリャを温かく迎えてくれた。特にバルカは、シャウーリャと会えるのを心待ちにしていたようだ。

初めて顔を合わせた時、彼女はどこか懐かしそうにシャウーリャを見つめた。シャウーリャもまた、彼女の中にイシャンの面影を見て、胸がいっぱいになった。

シャウーリャが持参したイシャンの手紙を渡すと、バルカは泣き出してしまった。文箱《ふばこ》に大切に保管していたそれを、シャウーリャはしばらく彼女に預けることにした。

手紙を読み返したくなったら、彼女を訪ねればいい。バルカもそれにアヴァンティカも、旧知の間柄のように扱ってくれるので、シャウーリャは短い時間にすっかりくつろぐことができた。

女性二人が楽しそうにおしゃべりをするので、会話の得意ではないシャウーリャも気まずくなることがない。

ヴィハーンもここでは、聞き役に徹していた。というか、さしもの女たらしも、母親たちにはかなわないようだ。たまに返答に困るような話題を振られて、へどもどしている。

「男の子同士なら、長旅も気兼ねがないでしょう。どうなの、ヴィハーン。あなたは年中あっちに行ったりこっちに行ったり忙しいんだから、ちゃんと考えてあげなきゃ、奥様が可哀そうよ」

今もヴィハーンの事業の話から始まり、アヴァンティカが仕事にシャウーリャを連れていけと言うものだから、ヴィハーンは戸惑った顔をしている。

「それは、ちゃんと考えますよ。旅は、どうかな。連れていくのはやぶさかではないが……」

言いながら、ちらりとこちらを見た。シャウーリャも、急な話で驚いている。

「興味深いですが、どうでしょう。私はほとんど旅をしたことがないので。ヴィハーン様はお仕事で行かれるのですから、足手まといになるのではないでしょうか」

興味は引かれる。バルカの言う通り、本の上だけではなく、様々な土地を実際に見てみるというのは、考えただけでわくわくすることだ。

ただそれをこの場で口にすると、ヴィハーンは断れなくなるだろう。

「あら、仕事といったって、半分は遊んでるでしょ」

アヴァンティカが、決めつけるように言った。ヴィハーンが「ちゃんとぜんぶ仕事ですよ」と、むきになっているのが珍しい。

「まあしかし、シャウーリャを一度は領地の者たちに紹介する必要がありますね。シャウーリャ、今度領地に行く時は、付いてきてくれるか」

ヴィハーンが言うので、シャウーリャは嬉しくなった。ヴィハーンと旅行に出かけるなんて。はい、と勢いよくうなずく。

「本当に可愛らしい方ね。ご幼少の頃の姿絵は拝見していたけれど、成長してこんなに美青年になるなんて」

バルカがしみじみと言う。可愛いと美しいは、今日、二人の婦人から幾度となく言われた言葉だ。言われるたびに照れ臭くて、シャウーリャは口ごもりながら礼を述べるしかなかった。

「そうね。お肌も何て綺麗なのかしら。こんなに可愛い奥方をもらったのだから、女たらしは返上しないとね」

アヴァンティカが言い、にこっと迫力のある笑みをヴィハーンに向けた。何となく意味深な笑みだ。

ヴィハーンは「わかってますよ」と、うるさそうに答えただけだった。

楽しいお茶会の時間はあっという間に過ぎ、ヴィハーンとシャウーリャが暇《いとま》を告げると、婦人たちは玄関まで送ってくれた。

広い庭園を回って玄関までの小道を、ヴィハーンは母と、シャウーリャはバルカと並んで歩く。

「また、私たちに会ってちょうだい。シャウーリャ様お一人でも。下の王子も会いたがっていたわ」

バルカが言った。下の王子とは、イシャンの年の離れた弟のことで、一時はシャウーリャの夫候補にも挙がった第六王子である。

「ぜひ。私も王子にお会いしたいです」

「顔立ちはイシャンに似ているけど、バルカは嬉しそうだった。性格は正反対。やんちゃで困ってるのよ」

困ったと言いながら、バルカは嬉しそうだった。上の息子を亡くし、自らも病弱な彼女の救いは、下の息子が頑健に生まれたことだ。九つになるこの年まで、病気一つなく元気に過ごしているという。

「ヴィハーン様と気が合うみたい。何となくわかるでしょ。あの方もやんちゃでいたずらっ子だから」

バルカが笑いを含んだ顔で、ちらりと背後を振り返る。その眼差しは親しみと愛情に満ちていた。

バルカもアヴァンティカも、王の寵愛《ちょうあい》を競う側室同士だが、まるで姉妹のように情を通わせている。

バルカにとってヴィハーンは、甥っ子みたいな存在なのかもしれない。

シャウーリャたちから少し離れて後ろを歩きながら、ヴィハーン母子もぽつぽつと会話を交わしていた。

「もうそろそろ、だらしないのは卒業よ」

「言われなくても、きちんとしてますよ」

仲の良さげな母子の会話が聞くともなしに届いて、シャウーリャは笑いを噛み殺した。

バルカとシャウーリャがまた話をするうちに、後ろの二人は少し距離が空く。

「どうかしら。中途半端にしてるのではなくて？　そうでなければ、サリーム将軍が私に相談をしてくることなんてないはずだけど」

アヴァンティカは少し抑えた声で言い、ヴィハーンが無言になった。

やがて、ヴィハーンは母よりさらに抑えた声音でつぶやいたが、風に乗ってシャウーリャにもよく聞こえた。

「何と言ってきたんです」

「何も。相談を受ける立場ではないと、断ったから」

「話をします。……彼女と」

「そのほうがいいわね」

「――シャウーリャ様、猫はお好きかしら。私の宮には猫が二匹いるのだけど」

母子の会話からシャウーリャを遠ざけるように、バルカが話題を振った。シャウーリャも我に返り、慌ててうなずく。

盗み聞きするつもりはなかったが、つい気になって聞き入ってしまった。

「好きです。蒼玉国の王宮にも、猫がいました。主にネズミ捕りの役目ですが」

「そう。うちの猫たちはちっともネズミを捕ってくれないの」

バルカは言ってから、少しこちらに身を寄せて、そっと囁いた。

「シャウーリャ様。あなたは何も心配する必要はありませんよ」

先ほどの、ヴィハーンたちの会話のことだ。シャウーリャが驚いて目を見開くと、夫人はにっこり笑う。

「ヴィハーン様があなたを蔑ろにするようなら、私とアヴァンティカ様とでとっちめて差し上げますから」

上品な口調と、とっちめる、という言葉がちぐはぐで、シャウーリャは思わず笑ってしまった。

けれど内心で、やはり、とも思う。

アヴァンティカがきちんとしろと言っていたのは、ヴィハーンの女性関係のことだ。

名うての女たらしには、今まで大勢の恋人がいたし、今もいる。そういうことだ。

わかっていたことなのに、シャウーリャはまた胸がちくちくした。


サリーム将軍というのは、南部将軍という地位にある下級貴族だという。

紅玉国の軍部は、一番上に大将軍がいて、その下に東西南北を平定する四人の将軍がいる。

東西南北といっても、平和な時代の続く今は名前があるだけで、将軍の領地がそこにあるわけではない。

紅玉国では、王族が圧倒的に領地と資産を持っている。上級貴族は領地を持つが、下級貴族のほとんどは領地を持たず、宮廷から決まった家禄《かろく》を約束されているだけである。

身分としては、下級貴族は平民に近い。世が世なれば、国王に目通りさえかなわなかったという話だ。

そんな下級貴族のサリーム将軍には、ヴィハーンより二つ年下の、ダミニという娘がいる。

茶会があった夜、どうしても気になってダシャに尋ねたところ、聞き覚えのある名が出てきた。

「ダミニ嬢……ヴィハーン様の恋人か。結婚を約束されていたとか」

「ご存知だったのですか。ヴィハーン様がお話しされたのでしょうか」

ダシャが驚くので、シャウーリャは「いや……」と、濁《にご》した。四阿での会話を盗み聞きしてしまった、とは言えなかった。

「噂を耳にしただけだ。ヴィハーン様には、私が知っていることを知らせないでくれ」

ダシャは「わかりました」と答えたが、気がかりそうだ。サリームの名を告げた時も、茶会で何かあったのかと心配していた。

彼もダミニ嬢とヴィハーンの関係について、詳しく知っているのだろう。シャウーリャの侍従長としてどこまで告げたものか、迷うように視線をウロウロさせ、やがてガウリカを見る。

湯上がりのシャウーリャの髪を拭いていた彼女は、それまで黙ってシャウーリャとダシャの話を聞いていた。ダシャの視線を受け、小さくうなずく。

「この際ですから、ダシャ様がご存知のことはシャウーリャ様のお耳に入れたほうがよろしいかと。真偽のわからぬ噂を人づてに聞くよりよいでしょう」

シャウーリャだけでなく、蒼玉国から来た侍女たちは、ヴィハーンの女性関係の噂を小耳に挟んでは、気になっていたようだ。他の侍女たちもじっとダシャを見つめるので、ダシャは落ち着かないようだった。

「ヴィハーン様とダミニ嬢が恋人だったのは、事実です」

ダシャの言葉に、侍女たちも「やはり」という顔をする。

「すでに噂を耳にされているかと思いますが、殿下は女性関係が派手と申しますか。決まった女性が三人ほどおられました」

ダミニ嬢以外にも女性がいたわけだ。これを不貞と言うのか、ただの女たらしと呼ぶのかは、国の気風によるのだろう。

蒼玉国でなら眉をひそめられるところだが、この国では妻を複数持てる。恋人が数人いてもおかしくはない。

「いる、というのか、いた、というべきか、私にはわかりません。少なくともシャウーリャ様がお輿入れされて以降は、女性たちとは会っていらっしゃらないようなので」

「当たり前ですよ」

若い侍女が憤慨《ふんがい》したように言ったが、シャウーリャは目顔でそれをなだめた。

このひと月、女性と会っていないというのは、シャウーリャにとってはむしろ軽い驚きだった。

ヴィハーンと顔を合わせるのは夕食の時だけだ。それ以外に何をしているのか、詳しくは知らない。女性と会っているかもしれない、とも考えていた。

「ダミニ嬢は華やかな美貌で知られた女性です。社交的で奔放《ほんぽう》なこともあって、ヴィハーン様とは馬が合ったと申しますか……殿下が一番に気に入っておられた女性です」

「それで結婚の約束をしていたと。下級貴族の娘と王族では、身分が合わないように思いますが」

疑問を口にしたのは、ガウリカである。ダシャはシャウーリャの反応を気にしているようで、しきりにこちらをちらちら窺っていた。

「確かに身分差はあるが、ヴィハーン様は宮廷の政治には介入しないと断言されているだろう。王太子との確執を避けるためとあれば、国王陛下も結婚を承諾されたのではないかな」

実際、あの四阿でヴィハーンの側近らしき男が、そんなことを言っていた。シャウーリャとの婚姻さえなければ、ダミニ嬢との結婚が許されただろうと。

「はい、シャウーリャ様の仰る通りです。正式に国王陛下に伺ったわけではないのでわかりませんが、周りの人々は皆、当人同士が望めば結婚は許されるだろうと考えておりました」

「私の存在が、二人を引き裂いたというわけだな」

皮肉ではなく、思わず口を衝《つ》いて出た言葉だった。

もし、輿入れ前にシャウーリャが二人の仲を知っていたとしても、どうすることもできなかった。でもそんな事情を聞けば、ヴィハーンに申し訳ない気持ちになる。

「シャウーリャ様」

ガウリカたちが痛ましそうにシャウーリャを見る。ダシャが慌てたように「あ、いえ」と、口を開いた。

「結婚の話は、決して正式に決まっていたわけではないのです。あくまでそんな話があった、というだけで。他の女性とも切れておりませんでしたしね。そもそもヴィハーン様は、結婚そのものに乗り気ではありませんでした。常々、しなくていいならしたくない、と仰っていましたし」

ダシャは必死で取りなそうとしているようだが、かえって侍女たちの冷たい視線を浴びていた。

決してダシャが悪いわけではなく、女たらしなのはヴィハーンなのだが、ダシャも自分の咎のように申し訳なさそうにしている。

「ダミニ嬢との結婚についても、実際のところ、お二人でどのような話をされていたのかわかりません。少なくとも、ヴィハーン様のほうは積極的ではないようでした。ただもうお年頃ですし、周りからも結婚をせっつかれますので」

ダミニ嬢ならば、政治的にも個人的にも、条件としては悪くはない。ここらで手を打っておくか……ヴィハーンとしては、そんなところだったのではないか。ダシャはそう推測する。

「お話を伺う限り、ヴィハーン殿下は何やら、どの女性にもそれほど熱心ではないような。恋焦がれる、ということはないように聞こえますね」

ガウリカが呆れたような、感心ともつかない声音で言った。ダシャも「そうなのです」と、困り顔で眉尻を引き下げる。

「昔からよくおモテになりましたから、そのせいもあるかもしれません。でも、望んでも手に入らない女性もいましたし、失恋もそれなりに経験しているはずなのですが、その失恋の苦しみさえ楽しんでおられるようなのです。恋焦がれて苦悩しているお姿は見たことがありませんね」

それを聞いて、侍女たちも呆れ顔で怒りを和らげたが、シャウーリャはどんな感情を持てばいいのかわからなかった。

シャウーリャ自身は、誰かに恋をしたことがない。男でも女でもない人生を歩んできたし、そもそも箱入りだったから、恋をする相手もいなかった。

次から次へ女性の間を渡り歩いたり、複数の相手と同時に関係を持ったりするなんて、想像もできない。

だから女たらしということについては特段、心が乱れることもなかった。乱しようがない。ヴィハーンと自分は最初から、性愛の関係にはなり得ないのだから。

その事実を思い出す時だけ、シャウーリャの胸はちくりとする。

「ですから、ダミニ嬢のこともサリーム将軍についても、シャウーリャ様が心配されるほどのことはないと思います。ヴィハーン様はシャウーリャ様を大切にされておりますし」

ダシャが真剣な様子で言い募るので、シャウーリャも彼を心配させたくなくて、「うん、そうだな」と微笑んでうなずいた。

「ヴィハーン様の女性関係は、気にしないことにする。ただやはり、私が尋ねたことは殿下には言わないでくれ。気にする必要がないというなら、私もこの件で殿下を煩わせたくない」

シャウーリャが繰り返し頼むと、ダシャは「わかりました」と、しっかりうなずいた。

ダミニ嬢との結婚については、シャウーリャが仲を引き裂いたとまではいえないのかもしれない。ヴィハーンは結婚そのものを嫌がっているから、シャウーリャという正室を持った以上、女性と結婚する必要はなくなる。

側室を迎える心配はないだろう。少なくとも、今すぐということはない。

しかし、婚姻はともかくヴィハーンは若く健康な男だ。それも女好きな。いずれ近いうちに、女性のもとへ通うだろう。

これまで浮き名を流してきたように、これからも女性たちと関係を持ち続ける。

シャウーリャはそれを、当然のこととして受け止めなければならない。正室が閨《ねや》の相手をできない以上、これは仕方のないことだ。

輿入れ前から覚悟はしていた。いや、覚悟、というほどのこともない。

たとえ夫がイシャンであったとしても、そういうことはあるだろうと想定していた。「白き花嫁」の教育を受けてきたシャウーリャにとって、ごく当然のことだったのだ。

だから今、ヴィハーンが再び恋人のもとへ通うかもしれないと想像した時、ひどく不安な気持ちになるのが解《げ》せなかった。

ヴィハーンが女好きと聞いて悲しい気持ちになるのも、胸がちくちく痛むのも、理由はよくわからない。

（想像と現実は違う、ということなのかな）

頭では覚悟していても、夫となる人が別の相手と通じるのは、やっぱり誰しも面白くないのかもしれない。シャウーリャは、そんなふうに自分の心を分析する。

ならばやはり、この不安や痛みは、シャウーリャ自身が克服しなければならないのだ。

それが「白き花嫁」である自分の人生に課せられた使命なのだと、シャウーリャは本気で考えていた。

# 五

シャウーリャの輿入れから三月ほどが経ち、紅玉国《マアニク》は夏に入った。

「蒼玉国《ニイラム》の王都と違って、こちらの夏は暑いだろう。だがこれから行く地方は、山と湖に囲まれているから、ずっと涼しいはずだ」

車窓を眺めながら、ヴィハーンが時々、話しかけてくる。

ヴィハーンとシャウーリャは今、王都を出て、ヴィハーンの領地がある湖水地方へと向かっていた。毎年夏になると、ヴィハーンは避暑も兼ねて領地に赴く。仕事もあるので、他の王侯貴族のように優雅なものではないそうだが、シャウーリャも連れていってもらうことになった。

湖水地方とはその名の通り、数多くの湖を有する地方で、標高が高く緑の多い高原地帯でもあるため、気温は紅玉国の王都よりうんと低い。

「紅玉国の湖水地方といえば近年、石墨《せきぼく》が産出されるようになったそうですね。石墨の用途は鉛筆くらいしか思いつかないのですが、他に活用方法はあるのですか」

シャウーリャが今、手にしているのも鉛筆である。この旅で知ったことを、紙片に片っ端から書いていって、後で日記にまとめようと思っていた。

馬車の中、思いつくままヴィハーンに質問している。輿入れ以来、人生二度目の旅とあって、シャウーリャは今回の旅行を楽しみにしていたし、今も大いに興奮していた。

「石墨は鋳型《いがた》にも使われるな。だが領地の産業はそれだけではないぞ。農業や林業も盛んだ。これからは観光にも力を入れようと思っている」

「観光、ですか」

「ああ。景色が美しいんだ。湖で水遊びもできる。避暑にはもってこいだろう。今は大陸の国々の多くが好景気だからな。紅玉国だけでなく、外国からも観光客を呼び込みたい。問題は輸送だが、これは現地に行って教えよう」

とっておきの秘密のように言うので、シャウーリャは期待に胸が膨《ふく》らんだ。

「早く着かないかな」

わくわくする。車窓を流れる景色もすべて新鮮だ。気が張って食事もろくにできなかった輿入れの時とは、まるで違っていた。

「楽しそうだな」

はやる気持ちを抑え、窓の外を眺めるシャウーリャを見て、ヴィハーンがくすりと笑う。

「はい。もうすでに楽しいです、すごく」

張り切って答えると、ヴィハーンは口を開けて笑った。屈託のない笑顔に、ちょっと見とれてしまう。それから、はしゃいでしまって子供みたいだったかなと、反省した。

でも、旅が決まってからずっと、この日が楽しみでならなかったのだ。

シャウーリャが領地に帯同することになって、ヴィハーンがまず、服をたくさん誂えてくれた。

輿入れの際に持参した服は、どれも宮中で着るものだ。整備された庭園を少し散歩するくらいなら不自由はないが、旅には向かない。それに女物ばかりだ。

「お前が嫌でなければ、男物の服も誂えないか？」

服を仕立てる際、ヴィハーンからそんな提案をされた。

「お前の国や、『白き花嫁』としてのしきたりがあるなら、そちらを尊重するが。よければこの機会に誂えたい。服は男物のほうが断然、動きやすいからな」

男物の服を身に着けるなんて、シャウーリャの概念にはなかった。

しかし、「白き花嫁」はあくまで妻として振る舞うというだけで、男性物を身に着けてはいけない、という決まりはない。

今まで考えたことはないけれど、しきたりに反するわけではないから、男装をするのもいいかもしれない。

何より、ヴィハーンがそう望んでいる気がして、シャウーリャは男性物を誂えてもらうことにした。

嫁いで三月経った今も、ヴィハーンは相変わらず優しいし、細やかに気遣ってくれる。だからシャウーリャも、彼に気に入られたいと思うのだ。

夏に入ってもまだ、ヴィハーンが女性のところへ通う様子はなかった。

あるいはシャウーリャの耳に入らないだけかもしれないが、女性の気配がないから、シャウーリャも不安にならない。書庫も完成し、ヴィハーンをそこに招待したりして、少しずつ二人の距離は縮まっていると思う。

ヴィハーンは以前より、シャウーリャに対して遠慮がなくなった。

出会った時は、シャウーリャの中性的な外見に戸惑い、扱い方を判断しかねていたが、今ははっきり同性だということを認識しているようで、悪い意味ではなく扱いがぞんざいになったと感じる。

もう、「雪花石膏のような肌だ」なんてお世辞は言わないし、花束の代わりに珍しい菓子や書物を贈ってくれる。

以前口にした通り、シャウーリャを弟のように思っているのかもしれなかった。

はっきりと同性だと認識できるほうが、ヴィハーンは安心するらしい。

逆に公の場に出るために、シャウーリャがこれまで通りの、女性の正装をして着飾った時は、どこかぎこちなく、落ち着かない様子になる。

せっかく縮まったヴィハーンとの距離が、再び開くようで悲しいから、男装しようと思ったのだ。もっとはっきり、視覚的に男だとわかれば、ヴィハーンともっと仲良くなれるかもしれない。

女装しかしたことがないので、不安と気恥ずかしさはある。しかし、男装のほうが機能的なのは確かだ。シャウーリャにとっても悪いことではないだろう。

シャウーリャが提案に応じると、ヴィハーンはすぐ職人を手配させ、用途に合わせた男性物の服を作らせた。

公的な場では女装が必要とされるので、ついでに女性物の服も誂えてもらった。いずれも紅玉国の最新の流行に合わせたものだ。

シャウーリャは流行などわからないので、すべて人任せだったのだが、新しく誂えたものを身に着けてみると、自分でもずいぶん垢抜《あかぬ》けた気がした。

王宮を出立した今日は、新品の男性服を身に着けている。くだけた服でいいというので、太ももまであるシャツとたっぷりしたズボンのみだ。宮廷では男性は寝室以外では平素でも帯をしていたが、今はそれもない。生地の贅沢さはともかく、形だけなら平民と変わらない。

最初にこの姿を見た時、ヴィハーンはよく似合っていると褒めてくれた。

そのヴィハーンも、今日はシャウーリャと同様の格好をしている。シャウーリャが明るい碧色《あおいろ》の上下なのに対し、彼は光沢のある黒い上下だった。

正装をしたヴィハーンも気品に満ちて美しいが、前髪を下ろし、市井《しせい》の青年のようにくつろいだ衣装で足を組む姿は、いつもより野性味と艶が増したようで、つい見惚れてしまう。

「何か気になるか？」

窓枠に肘《ひじ》をかけて外を見ていたヴィハーンは、シャウーリャが先ほどから、ちらりちらりと窺うのを見て、いたずらっぽく尋ねた。

「い、いえ。何だかいつもの殿下と、別人のようだなと。……あの、若く見えます」

悪い意味ではないのだと伝えたくて、でも気の利いた言葉が見つからなかった。最後の言葉を付け足すと、ヴィハーンには苦笑されてしまった。

「別人だというなら、お前のほうだ。こうして男装をすると、ちゃんと男に見えるな」

そう言われて、シャウーリャは気恥ずかしくなった。これまでは足の線の出ない長いスカートを穿《は》いていたから、まだズボンに慣れない。

それに今日は、男装に合わせて長い髪を後ろで一本の三つ編みにしてもらった。そんなふうに動きやすく髪を結うのも初めてで、おかしいところはないか、気になってしまう。

「髪はもっと、短くしたほうがいいですかね」

シャウーリャの銀髪は、尻まで届くほど長い。昨今の男性は身分にかかわらずみんな短髪ばかりだし、紅玉国では身分の高い女性でも、せいぜい背中に届くくらいの長さだ。あまり長いと野暮ったく見えるらしい。

「ん？　何か意味があって、そこまで伸ばしているのではないのか？」

問いかけに、シャウーリャも首を傾《かし》げた。

「どうでしょう。白神教の経典や関連の古文書などを見ても、特に恰好について決められたことはないのです。ただ『白き花嫁』は女性らしさを求められるので。代々の花嫁たちの慣例に倣って、子供の頃からこれくらい伸ばすんです」

「花嫁というが、嫁いだ後はどうなる？　妻になってからのしきたりはないのか」

ヴィハーンが質問を重ねるのは、純粋な興味のようだ。しかし、シャウーリャはまたも首を傾げた。

何しろ、今までそんな問いかけをしてくる者はいなかった。

「厳格な儀式としきたりは、婚礼に関わるもののみです。というのも、神子と夫婦の契約を交わすという形式が重要で、婚礼そのものが祭祀ですので。古く……今の四王国が成る以前には、本当の夫婦のように暮らした、という話もありますが、真偽はわかりません。蒼玉国のみが『白き花嫁』を輩出するようになってからは、花嫁を娶った各国の王族は皆、女性の側室を持っておりますね」

歴代の「白き花嫁」が、嫁ぎ先でどのような扱いを受けてきたのか、記録は少ない。

シャウーリャの前の代の花嫁は翡翠国《パンナ》に嫁ぎ、非公式ながら女性の妻を迎えたようだ。女性との間に子供もいる。

それ以前の花嫁は、出家して嫁ぎ先の国の神殿に入ったり、やはり内縁の女性がいたりした。嫁ぎ先で一生を終えた例もあるが、どういう生活を送っていたのかは明らかになっていない。

だからもしかしたら、中には本当の夫婦になった例もあったかもしれない。当人のみが知ることで、後世に伝わるものはなかった。

「私の前に生まれた『白き花嫁』は、公の場では今も女装しているそうで、髪も長いままだったようです」

シャウーリャの父が翡翠国に行った時、会ったそうだ。

「しかし、決まりではない、と。まあ、公の場で女性の服を着るなら、髪は長いほうが似合うか。だがそもそもの話、婚姻後も女装を続けなくてはいけない、という決まりもないのだな」

「そうですね。……ただ、あまり慣習を無視すると、信仰の篤《あつ》い人たちによく思われないでしょうか。私の存在は、篤信《とくしん》の教徒に向けて王族の権威を示すためにあるものですから、神子らしからぬ振る舞いをしては、『白き花嫁』を娶った意味がなくなってしまいます」

「なるほど」

ふむ、と肘をついた手に顎を乗せ、ヴィハーンは興味深げにこちらを見た。

「面白いな。いや、神子のことじゃない。お前のことだ」

「私ですか」

特に面白いことを言った覚えはない。小首を傾げると、ヴィハーンはにやっと笑った。

「ああ。神子として育てられ、しきたりも儀式の作法もすべて頭に入っているのに、神を感情ではなく、理論的に捉えているところが」

そう言われると、神子のくせに不信心を指摘されたようで居心地が悪い。

「私は神官ではありませんから」

「どちらかといえば、学者的だな。もったいない」

「私の考えは、革新派のようだ、ということですか」

「いいや、そうじゃない。勿体ないというのは、こっちの話だ。忘れてくれ」

「はい」

何を言いたいのか今一つわからないが、素直にうなずいた。

「髪の長さから、話が逸れたな。髪型も服装も、お前のしたいようにするといい。放り投げているわけではないぞ。俺や他人がどう思うかではなく、もう少し自分の気持ちを大切にしろ、ということさ」

「自分の気持ち」

そんなことを言われたのは、生まれて初めてだった。自分の気持ちなど、「白き花嫁」の立場の前では、あってないようなものだ。

急に言われても戸惑うばかりで、そしてそんなシャウーリャの気持ちを、ヴィハーンもわかっているのだろう、年の離れた弟に向けるような、優しい目をしてシャウーリャを見つめた。

「信仰を否定するつもりはない。だが、お前の『白き花嫁』としての最も重大な責務は、俺に嫁いだ時に果たしたはずだろう？　ならこれからは、神子ではなくシャウーリャとして生きてもいいのではないかな」

その言葉を聞いた時、シャウーリャの全身に強い衝撃が走った。

今まで誰も、父や母でさえ、嫁いだ後のシャウーリャの生き方を説いた者はいなかった。ただ夫によく仕えるように、と言われただけだ。

その夫が、ヴィハーンが、シャウーリャはシャウーリャらしく生きていいと言う。

「いきなり自分らしく、と言われても戸惑うか。ならば、これから考えればいい。髪を短くしたければすればいいし、長いままのほうがよければそれでいい。服装もな。男の服でも女の服でも、お前によく似合っているぞ」

　ヴィハーンは言って、キザっぽく片方の目をつぶって見せた。シャウーリャはしかし、何か熱いものがこみ上げてきて、上手に笑うことができなかった。

「恰好だけじゃない。お前が望む通りに生きたとしても、年寄りのうるさ型《がた》にあれこれ言われないよう、俺が建前を考える。要はお前が言った通り、権威を損なわなければいいんだろう。だから自分の気持ちに素直に生きろ。そうしたとしても、神子としてのお前の価値は揺るがない。俺が揺るがせない」

　ヴィハーンはシャウーリャを見つめたまま、きっぱりと言った。彼の力強い目の輝きを見た途端、シャウーリャの目からぶわっと涙が溢れた。

「シャウーリャ」

「すみません。嬉しいんです。嬉し涙です」

　驚くヴィハーンに、シャウーリャは慌てて言った。喜びだけではない、ヴィハーンに対する敬愛のような気持ちが、一気にこみ上げてきたのだ。

「そんなこと、誰にも言われたことがなかったから。ありがとうございます」

　泣いたりしてみっともない。引っ込めたいのだけど、次から次へと涙が溢れてくる。

「お前は意外と泣き虫だな」

　笑いを含んだ、優しい声が聞こえた。でも涙で滲んで、ヴィハーンの表情はよく見えない。

「う、すびばせん」

　ずびずびと鼻をすすり、涙声で謝ると、ヴィハーンは笑って手巾《ハンカチ》を渡してくれた。

「最初は、お前のことをもっと、つんけんした冷たい奴だと思っていた。だが驚くほど素直だし、時おり幼い子供のようになる」

「これは、ヴィハーン様が泣かせることを言うからです」

泣き虫をからかわれた気がして、鼻をかみながら恨みがましい声を上げた。ヴィハーンが声を立てて笑う。

それから不意に手が伸びて、涙で頬に張り付いた、シャウーリャの後《おく》れ毛《げ》を払った。男の指が頬に触れて、どきりとする。

「覚えていてくれ。自分の気持ちを大切にすること。お前ができるだけ自由に生きられるよう、俺も尽力する」

「……家族だから？」

目の前の精悍《せいかん》で美しい微笑みに見とれて、惚《ほう》けた声が出てしまった。

「そうだ。お前は弟のようなものだから」

ありがとうございます、と、つぶやいた声は、やっぱりぼんやりしていた。

ヴィハーンの言葉が嬉しかった。彼の器《うつわ》の大きさに感心し、尊敬する。ヴィハーンと家族になれるなんて、自分は幸運だ。

感激してむせび泣き、ドキドキもして、それから胸が切なくなる。

——弟のようなものだから。

その言葉に、きゅうっと身体の中心が引き絞られるような痛みを感じた。

王都を朝に出て、湖水地方の端にある本陣屋敷に辿り着いたのは夕方のことである。

本陣は中継地点だ。夏の間に滞在する屋敷は、さらにここから馬車に揺られ、一日かかる。毎年、ヴィハーンが王都から領に赴く際は、ここで一度休み、奥へ進むのだそうだ。

例年は一泊か二泊程度だが、今年は七日ほど本陣屋敷に滞在することになった。

「連日、馬車の移動では疲れるだろう。それに、こちらにも遊び場がいろいろあるんだ。お前を連れていきたい」

楽しそうにヴィハーンが言うので、シャウーリャも期待に胸が膨らむ。

領地の本邸は大きな街の中に建っているそうだが、本陣屋敷があるのは山間の小さな村だった。

村は本陣屋敷を除けば、あとは田畑があるばかりだ。しかし、少し山を登れば大きな湖があり、そこで水遊びや釣りもできるのだという。さらに山を登ると、温泉が湧いている。

「滞在中に一度、温泉に入ろう。露天の風呂だ。気持ちがいいぞ」

「入れるのですか」

温泉は地下から湧く熱い水で、非常な高温である、というのが、シャウーリャの本で得た知識だった。

「入れる。別の場所から地下水を引いて調整しているんだ」

露天風呂を造り、村人に管理をさせる代わりに、普段は彼らに解放しているそうだ。

「平民に解放しているといっても、掃除も行き届いているし、綺麗なものだ。王宮のような豪華さはないが……もしお前が嫌でなければ、どうかな」

瞳をきらめかせて、それこそ子供みたいに語っていたヴィハーンだったが、途中からはたと何かに気づいた顔になり、やがて口調が遠慮がちになった。

王族の風呂に村人が入ることに、シャウーリャが難色を示すと思ったのだろうか。

話を聞いても、シャウーリャは特段、不愉快な気持ちにはならなかった。ヴィハーンが滞在するのは一年のうちに数日程度だから、不在の間に村人に解放するのはむしろ、合理的だ。

「村人が、天然の風呂に自由に入れるのはいいですね。温泉を見ることさえ初めてなので、入ってみたいです」

シャウーリャが答えると、ヴィハーンはホッとして、それから同好の士を見つけたかのような、嬉しそうな顔になった。

「よかった。女と領地に来るたびに提案するんだが、ことごとく断られるんだ。女の足と服で山歩きは不自由だから、仕方がない部分はあるが。不潔だとか野蛮《やばん》だと言われるとがっかりする」

歴代の恋人たちを、たびたび領地に連れてきたらしい。

「やはり、男同士は気兼ねがないな」

おまけに笑顔で屈託なく言われて、何やら微妙な気持ちになった。笑顔が引きつってしまったが、ちょうど本陣屋敷の前に着いたところだったので、ごまかすことができた。

中継地点といいながら、本陣屋敷はなかなかに大きくて立派なものだった。

二階建ての建物で、前に広い車寄せがある。ヴィハーンとシャウーリャ、それからダシャをはじめ、今回の旅に同行する侍従や侍女たちの馬車、荷馬車と、護衛の馬などが続く。

屋敷の前には使用人と、村人たちも出迎えに集まっていた。村人の中には子供もいて、馬車の車窓からヴィハーンの姿が見えると、「ヴィハーン様！」と、目を輝かせて手を振っていた。

ヴィハーンがにこやかに手を振り返すと、歓声が上がる。噂以上に慕われているようだ。

屋敷の車寄せに馬車が停まり、シャウーリャはヴィハーンに手を引かれ、馬車を降りた。

シャウーリャが人々の前に姿を現すと、場が大きくどよめく。

「お妃様だ」

「あれが神子様か」

「綺麗ねえ」

村人たちがいささか無遠慮に囁き合うので、シャウーリャはにわかに緊張した。

ヴィハーンが、大丈夫だというように、手をしっかり握り直して微笑む。それに勇気づけられ、シャウーリャも相手の目を見てうなずいた。

シャウーリャが微笑すると、村人たちが感嘆の声やため息を上げた。

好意的な態度はありがたいが、ちょっとした動きにも反応があるのでどぎまぎする。

王族として人に見られることには慣れているつもりだが、これほど近い距離で平民に接したのは初めてだ。おかげで、屋敷の中に入るまで緊張した。

中では、普段屋敷を預かる村長一家がシャウーリャたちを迎えてくれた。村長は村の大地主でもあり、王子の本陣を預かるとあって、平民ながら宮廷の作法に長《た》けている。

村長と妻、息子夫婦と、年の近い男の子ばかりの孫が三人、ヴィハーン一行に対してうやうやしく挨拶をした。

「白き神子様に拝謁《はいえつ》の栄《えい》を賜《たまわ》りましたこと、一族の誉《ほま》れでございます」

「本当に、生きている間に『白き花嫁』様をこの目で見られるとは。それに、何てお美しいんでしょう」

年配の村長夫妻は、敬虔《けいけん》な白神教の教徒だったようだ。シャウーリャをありがたがり、神を拝するように胸に手を当て、膝を折った。息子夫婦と、孫たちもそれに続く。

「ありがとう。お二人に、女神の加護のあらんことを」

シャウーリャは戸惑いながらも一応、神子の礼に則って、二人の額に手をかざして祈りの形を取る。

「ああ、本当に神子様だ」

村長が感激したように言い、妻が涙ぐむので、どうしていいかわからなくなってしまった。

そこでヴィハーンが、苦笑しながら助け舟を出してくれた。

「さあ、みんな立ってくれ。俺も妃も一日馬車に揺られて、まだ目が回ってるんだ。下を向いたままだと酔ってしまう」

冗談めかした言葉に村長夫妻もはっとして、それからはてきぱきと中へ案内してくれた。

食堂では温かい食事が用意されていて、遅い夕食を摂ると、シャウーリャは旅の疲れもあって眠くなった。

「俺はこの後、村長と酒を飲むが、眠いなら寝ていいぞ」

まぶたの重たくなったシャウーリャに気づき、ヴィハーンが笑いながら言う。その言葉に甘えて、先に寝かせてもらうことにした。

シャウーリャの寝室は、ヴィハーンが使う主寝室の隣に用意されていた。

ゆっくり湯あみをし、侍女たちに髪を拭いてもらう。今回の旅には、ダシャの他、侍従と侍女が一人ずつ付いてきた。ガウリカは留守を預かっている。

「ヴィハーン様は、シャウーリャ様と避暑に来られてご機嫌ですね。例年、ここまで楽しそうになさることはないんです」

ダシャが、シャウーリャの旅の荷物を片付けながら、そんなことを言った。それが本当なら、シャウーリャも嬉しい。

「あちこち連れていってくださるというから、私も楽しみなんだ」

今日一日、馬車の窓から見た景色でさえ、鮮やかで美しく、心が躍るものだった。

日記を書きたかったのだが、眠くて仕方がない。今夜はもう眠ることにした。ダシャたちを下がらせ、寝床に就く。

眠りに落ちる前に、馬車の中でヴィハーンに言われた言葉を反芻《はんすう》した。

シャウーリャ自身の気持ちを大切に、思う通りに生きる。

（これからも、ヴィハーン様に付いてこうして旅をしたいと言ったら、かなえてくださるのだろうか）

本を読みたいだけ読みたいと言ったら。紅玉国の学者に歴史を習いたいと言ったら？

やりたいことは、次々に思いつく。自分がひどく欲深く、傲慢になった気がした。そんなことを望んでいいのだろうか。

でもシャウーリャが望めば、ヴィハーンはかなえてくれそうだった。

こちらを見つめる、力強い切れ長の双眸がまぶたの奥に蘇《よみがえ》る。眠いのに、ヴィハーンのその目を思い出すと胸がドキドキした。

ヴィハーンは酒好きな上、相当な酒豪らしい。

本陣に宿泊すると、村長と親類の男たちも呼んで酒盛りをするのが恒例のようで、この日も夜通し飲んでいたそうだ。

シャウーリャはぐっすり眠ってしまって気づかなかったが、侍女の一人が、大広間のほうで朝まで騒いでうるさかったと愚痴をこぼした。

翌日、ヴィハーンが起きてきたのは、昼の遅い時間だ。

シャウーリャが日当たりのいい小広間でお茶を飲んでいると、山から下りてきた狼のような、ボサボサの髪の男がのっそり現れたので、悲鳴を上げそうになった。

「相手をしてやれなくてすまないな」

それがヴィハーンで、むくんだ顔で酒臭い息を吐くので、啞然《あぜん》とする。

王宮では自分の宮にいる時も、常に身なりを隙なく整え、華やかな男ぶりだったのに。

今は寝間着の長衣を一枚羽織り、細い紐状の帯を緩く巻いているだけだった。襟の合わせが大きく開いて、逞しい胸元が露わになっている。

寝起きの男のしどけない姿を見て、シャウーリャの胸の鼓動が速くなった。急いでヴィハーンから視線を剝がす。

「ヴィハーン様、だらしがないです」

狼狽《ろうばい》を隠そうとするあまり、つい、つっけんどんな口調になってしまった。

ヴィハーンはあくびをしながら、ははっと笑う。

「王都ではないから、許してくれよ。村の連中とは一年ぶりなんでな。つい飲みすぎた」

気だるそうにしているが、楽しい酒だったようだ。使用人に水入れいっぱいの果実水を持ってこさせ、ものすごい速度で飲み干すと、もう少し休むと言って寝室に戻っていった。

去り際、シャウーリャが暇にしているのではないかと気遣われ、誰かに村を案内させようかと提案されたが、丁重に断った。

これから夏の間、あちこち巡るのだ。シャウーリャは自分に体力がないのをわかっているから、最初のうちは温存しておいたほうがいいと思った。

まだ慣れない旅の初めの今日、ゆっくりできたのは幸いだった。

ヴィハーンが二日酔いで寝こけていても、大して気にしてはいないし、むしろありがたかったのだが、本人はシャウーリャを放っておいたのを気にしていたようだ。

「明日は出かけよう」

夕飯の時、ようやくしゃんとした顔で現れて、そう言った。

「歩いていかれる場所に、低地の大きな湖と、山間の小さな湖がある。前者は大きな船に乗って船遊びができるし、後者は釣りか水遊びくらいしかできないが、近くに温泉がある」

明日行くのはどちらがいいか。聞かれて、シャウーリャは迷うことなく小さい湖、と答えた。温泉に行ってみたかったのだ。

「よし、決まりだ。軽食を作らせて、昼は向こうで食べよう。……外で食べるのは平気か？」

庭で布を敷いて食べることはあるが、外出先でそうしたことはない。そもそも、外出自体が滅多にないことだった。

「初めてなのでよくわかりません。でも、まずはやってみたいです」

シャウーリャは自問しながら応える。釣りも水遊びも温泉も、何もかもが初めてだ。まだ、好きも嫌いもない。

　未知のものが目の前にある時、避けて通るより、もっとよく知りたいと思う性分だった。

「そうか。そうだな。やってみないことには、平気も何もわからないものな」

　ヴィハーンは楽しそうに瞳をひらめかせる。自分こそ子供みたいじゃないか、とシャウーリャは笑いそうになった。

　彼はガキ大将だ。いじめっ子ではなくて、みんなの先頭に立って遊び回る。村人に対しても分け隔てなく、酒を酌《く》み交わす。だから誰もがヴィハーンに魅せられるのだ。

　翌日は、朝のうちに屋敷を出発した。山間の湖は子供でも行かれる近さだそうで、供の者も使用人と護衛を一人ずつ、最低限の人数を伴うにとどめた。

　シャウーリャは水遊びで濡れてもいいように、真っ白な木綿のシャツとズボンを着て、髪もきっちり三つ編にしてもらった。ヴィハーンもシャウーリャと同じ装いである。

　徒歩で遠出は初めてで、シャウーリャは張り切っていたのだが、ダシャが心配していた。

「ヴィハーン様。いくら緩やかといっても山道です。いつもの調子でさっさと登らずに、シャウーリャ様に合わせてお歩きくださいませね。歩き慣れた方とそうでない方とは、速度がぜんぜん違いますからね」

　何度も繰り返し、シャウーリャの歩調に合わせるようヴィハーンに進言し、最初は神妙に聞いていたヴィハーンも、最後は「わかったわかった」と、呆れたようだった。

　ダシャはシャウーリャにも、無理をしないこと、足が痛くなったら遠慮せずにヴィハーンに言うこと、と念を押し、供の者には傷薬や包帯を持たせていた。

王都に残したガウリカも心配性だが、ダシャもなかなかの過保護だ。でも彼が言うのだから、ヴィハーンの歩調はかなり速いのかもしれない。

覚悟していたのだが、いざ山道に入ると、シャウーリャとそれ以外の人々では、自分が想像していた以上に体力の差があることがわかった。

山道といっても、勾配は緩やかで、人がよく通るので道は踏み固められていて、それほど荒れていない。

思っていたより歩きやすい道なのにもかかわらず、シャウーリャは少し歩いただけでへばってしまった。体力がないのだ。

「大丈夫か？　ダシャの言う通りだ。お前は女より足が遅いのだな」

ぜえぜえと息切れするシャウーリャを見て、ヴィハーンが感心したように言う。呆れているわけではなく、ただ思ったことを口にしただけなのだろう。

しかし、男の身体なのに女よりひ弱だということ、それにヴィハーンが以前連れてきた恋人たちと比べられているようで、しゅんとしてしまった。

そんなシャウーリャを護衛の兵が見て、「ヴィハーン様！」と、小さな声でたしなめている。

「ん？　あ、いや。咎めているわけではないぞ。そうだな、休み休み行こう」

ヴィハーンも気づいて、慌てて取り繕う。その場で休憩することになった。

「足手まといになって、申し訳ありません」

お供の使用人がくれた水を飲みながら、シャウーリャは肩を落として謝った。

護衛兵はもちろん、使用人もヴィハーンも健脚だ。シャウーリャが息を切らしているのに、彼らは平然と歩きながら会話をする余裕もある。

同じ男なのに、シャウーリャだけどうしてこれほど違うのだろう。

「足手まといなどではないさ。お前は歩き慣れていないだけだ。王宮の奥深くに大事にしまわれていたのだからな。足が萎えているのも当然だ」

ヴィハーンの声は明るく柔らかだった。

「歩くのに慣れれば歩調も速くなるし、運動をすれば体力もつく。王都に戻ったら、乗馬や武術をたしなむのもいいかもしれないな。適度な運動で身体も丈夫になる」

「私でも、できるでしょうか」

いつかヴィハーンと同じ速さで、歩けるようになるだろうか。

「もちろん、できるさ。身体というのはすぐには変わらないが、訓練すれば少しずつ変わっていくものだ」

シャウーリャでもできる。迷いのない口調に、勇気づけられた気がした。

その後もたびたび、休憩を挟んで緩勾配を登った。本当にゆっくりなのだろう。

途中で何度か、村の子供たちに追い越された。彼らも湖に遊びに行くらしい。

「王子様とお妃様だ！」

「なぜそんなところで座ってるんですか」

ヴィハーンに出くわすと、子供たちは必ず、一度は彼に群がる。尊い身分である、ということは大人たちから教え込まれているようだが、ヴィハーンが厭わず相手にするので、喜んでまとわりついてくるのだ。

「休憩中だ。いいから行け。急いで転ぶなよ。……あっ、おい、弟が遅れてるぞ。兄が面倒を見てやれ」

一見、ぞんざいな態度ながら、ヴィハーンの声音や眼差しには、慈しみの色があって、それは子供たちにも伝わっているようだ。

ヴィハーンにじゃれつくように話しかけてくる子供たちは、シャウーリャを見るとはにかんだようにしてぺこりとお辞儀をし、山を登っていく。

そんな彼らに追いついたり追い越されたりして、時間をかけてようやく湖に辿り着いた。

それまで息を切らしていたシャウーリャだが、目の前に開けた景色を目にした途端、疲れが吹き飛んだ。

「なんて美しい……」

周囲を森林に囲まれた、美しい湖水が広がっていた。天から夏の日差しが降り注ぎ、豊かな水を湛《たた》えた湖面は、鮮やかな蒼色だった。

「お前の瞳の色に似ているな。澄んだ蒼玉の色だ」

絶景に感嘆するシャウーリャの横で、ヴィハーンがまたキザっぽいことを言う。恐らく、特に考えてしゃべっているのではなくて、こういう言葉は習い性のようなものなのかもしれない。

いずれにせよ、言われたシャウーリャは困ってしまって、生返事をするしかなかった。

「最初に水浴びをするか？　ここまで歩いて汗をかいただろう。中に入ると気持ちがいいぞ。それに水辺があの様子では、魚が逃げて釣りはできないだろうしな」

ヴィハーンの示す先に、子供たちの姿がある。先に到着していた彼らはめいめいに散らばって、たいていが岸辺で水遊びをしていた。わあわあと叫んで水しぶきを上げているから、確かにあれでは釣りは難しそうだ。

それに、ヴィハーン本人が水に入りたそうにしていた。水に飛び込む子供たちを、羨《うらや》ましそうにちらちら見ている。

シャウーリャは思わず吹き出してしまった。

「何かおかしいか？」

「申し訳ありません。水に入りたそうなお顔をしていらっしゃるので」

クスクス笑いながら答えると、ヴィハーンはバツが悪そうな顔になった。「そんな顔をしてたか？」と、そばにいた使用人と護衛に尋ねている。二人が控えめにうなずくので、ちょっと照れ臭そうに頭を掻いた。

「ヴィハーン様。先に入っていてくださいませんか。私は歩き疲れたので、少し木陰で休んでからにします」

すぐ近くに、ちょうどいい木陰があった。シャウーリャがそちらを示して言うと、ヴィハーンの顔がぱっと輝く。今すぐ、入りたくてたまらなかったのだろう。

「そうか。じゃあ」

にかっ、と子供みたいな笑顔をこちらに向けたかと思うと、シャツをすっぽり脱いで使用人に放り投げた。

「ちょっと泳いでくる！」

上半身裸になって、ヴィハーンは駆け出した。あっという間に水辺に辿り着き、水しぶきを上げて水に入っていった。

近くで遊んでいた子供たちが、きゃあきゃあと楽しそうに笑う。

「本当に、ガキ大将みたいだな」

シャウーリャがつぶやくと、両脇にいたお供二人がプッと吹き出した。

「すみません。いや、その通りですね。しかし、ヴィハーン様があのようにはしゃがれるのは、久しぶりのことです」

護衛兵が笑いをこらえながら言った。五十がらみとおぼしき武人は、ヴィハーンが子供の頃から仕えている。

「ご友人方と行動される時は、相手が女性でも男性でも、もっと澄まして貴公子然としておられますから。それだけ、妃殿下に気を許しておいでなのでしょう」

気を許している、というのはお世辞ではなく、本当のことなのだろう。

シャウーリャが嫁いできてすぐの頃は、ヴィハーンはもっとキザで気取った感じだった。いかにも王子らしい、優美な姿もいいが、今の素のままの彼も魅力的だと思う。

木陰に移動して、そんなヴィハーンを眺める。彼は岸に近い辺りを泳いでいた。浅瀬なので、あまりすいすいとは泳げないらしい。それでも楽しそうだ。たまに子供たちに捕まって、抱きつかれたり、水を掛け合ったりしている。

それを見ているうちに、シャウーリャも水に入りたくなった。

実を言えば、こんなに大きな自然の水場で遊ぶのは、生まれて初めてである。母国は夏も涼しく、水源にも乏しかったので、水遊びという習慣がなかった。

ヴィハーンのように、泳いだこともちろんない。しかし、水辺のみんなは楽しそうで、涼しげな水音にうずうずした。

「私も、水に入ってみようかな」

お供の二人に言って、サンダルを脱いでみる。ヴィハーンがそうしていたからだ。子供たちも履物《はきもの》を脱いで入っているようで、あちこちに小さなサンダルが散らばっていた。

問題は、その後だ。ヴィハーンはもろ肌を脱いでいたし、年長の子供も同様だった。幼い子供に至っては下着もすべて取り去って、全裸ではしゃぎ回っている。

この辺りにいるのは男の子ばかりだから、恥ずかしくもないのだろう。村からこの湖に至る道は途中で分岐していて、女の子たちはもっと緩やかな「女道」を辿り、この湖の対岸で遊ぶのが習いなのだそうだ。

シャウーリャは男だから、ここでシャツを脱いでもおかしくはない。そのはずだ。でも、人前で裸になるのはどうにも抵抗があった。

シャツを着たまま水に入るのは、おかしいだろうか。

（足だけ浸けてみようかな）

そわそわしながら周りを観察し、シャウーリャは意を決して水辺に向かった。そろそろと裸足の爪先を水に浸ける。

湖は海と違って波打たないと本で読んだが、広い湖は風のせいか小さく波立っている。日光で温まった岸辺の水は生ぬるく、泥の中に爪先を入れるとひんやりした。不思議な感覚だ。

「妃殿下。ズボンの裾をまくられてはいかがでしょう」

心配なのか、すぐ近くまで付いてきた護衛兵に言われ、なるほどとズボンの裾をまくる。膝下までたくし上げると、ちょっと大胆な気分になってもう少し深い場所まで歩いた。

「冷たい」

ひんやりとした水に浸かり、心地よさにうっとりする。さらに大胆になり、地べたに座ってぱしゃぱしゃと足で水を打った。

初めての感覚に楽しくなって、一人で水しぶきを上げていた。

「シャウーリャ」

こちらに気づいたヴィハーンが、水の中を歩いてくる。濡れた髪をかき上げ、滑らかな糖蜜色の肌に雫《しずく》が滴《したた》り落ちるのが色っぽかった。

目のやり場に困る、などと考えるのはおかしいだろうか。自分の中に芽生えた気まずさをごまかすべく、シャウーリャは水の中でバタバタ足を動かした。

「水が冷たくて気持ちがいいですね」

「そうだろう」

ヴィハーンがにっこり笑った。遊び友達ができて嬉しい、という顔だ。本当に可愛らしい人だなと、微笑ましい気持ちになる。

「実は、こうして水辺で遊ぶのは初めてなんです」

「そうだったのか。なら最初から付いてやればよかったな。悪かった」

「いいえ。はしゃいでるヴィハーン様を見るのも楽しかったので」

「はしゃいでなんかないぞ」

ヴィハーンも自覚はあったのだろう、すねたように言うから、またおかしくなった。

「こうして外で足を出したのも初めてです。部屋の湯あみとは感じが違う。不思議です」

水の中に浸けていた足を、引き上げてぐん、と伸ばしてみた。

濡れた肌をそよ風が撫でるので、ひんやりする。でもすぐ、降り注ぐ日差しに温められる。こんな感覚は、日常にはなかった。

自然の心地を楽しみ、ふとかたわらに立つヴィハーンを見上げる。彼はいつの間にか黙り込んで、シャウーリャの白い足を食い入るように見つめていた。

「ヴィハーン様？」

そんなに真剣に見つめて、どうしたのだろう。声をかけると、ヴィハーンは弾かれたように視線を上げた。

「あ……すまん。不躾だったな。その……白いなと思って」

シャウーリャと目が合って、気まずそうに逸らされる。

「ああ」

ヴィハーンの言葉に得心《とくしん》した。シャウーリャも、自分の棒きれみたいな白い足を見る。

「日に当たらないから、余計に生白いんです。日を浴びても赤くなるだけで、ちっとも焼けなくて」

子供の頃は、両親にも兄弟にも似ず、自分だけ白い肌なのが嫌だった。そういうものだと教えられても、仲間外れになったようで寂しい。実際、長兄の息子や従兄弟たちにそれでいじめられたのだ。

「ヴィハーン様のような、糖蜜色の肌が羨ましいです」

素直に自分の気持ちを声にしてみる。わりと思い切ったつもりなのに、ヴィハーンはまたシャウーリャの足を見ていた。

「……そう……か？　白い足も、綺麗だと思う、が」

何かに気を取られているようで、言葉がたどたどしい。やがてそんな自分に気づいたのか、慌てたように視線を引き剝がした。

下を向いて大きく息を吐き、さらにぶるぶるっと犬みたいに頭を振って水を飛ばす。

無言のまま岸に上がって、シャウーリャの隣にどっかり腰を下ろした。下を向いたまま、また「はーっ」と大きく息をつく。

「あの……？」

いったい、どうしたのだろう。足を見せたのが悪かったのだろうか。

こちらがおずおず窺うと、ヴィハーンもちらりと顔を上げ横目でシャウーリャを見た。

「どうかしましたか」

尋ねたが、相手は答えない。シャウーリャをじっと見つめる。かと思うと、腕が伸びてシャウーリャの頭を撫でた。

「わっ」

わしわしと、犬を撫でるみたいに乱暴にかき回す。

「ちょっと……何なのですか」

「わからん！」

普段と様子が違うから心配したのに、威張ったように言われた。

「わからん、て」

「泳いでくる」

宣言して、ヴィハーンはすっくと立ち上がった。今上がったばかりの水の中に、ざぶざぶと大股で入っていく。

どんどん歩いていき、腰まで浸かるくらいの深みになると、すいっと泳ぎ始めた。

「ヴィハーン様」

見る間に湖の中心へ向かっていく。危ないのではないかと、彼の勢いに少し怖くなった。

子供たちがヴィハーンを見て、「あっ」と声を上げた。

「王子様、深いところに行ってる」

「いけないいんだ」

そんな子供たちに、ヴィハーンは叫ぶ。

「大人はいいんだ。でも子供は真似するなよ。危ないからな！」

どうやら、浅瀬以外は入ってはいけないことになっているらしい。子供たちが「ずるーい」と口々に言うのに、「大人はいいんだ！」と繰り返した。

「……子供みたいだな」

呆気に取られて見ていたシャウーリャは、ぽつりとつぶやいた。

ヴィハーンは子供たちの非難を受けながらざぶざぶ泳いだ後、素知らぬ顔で自ら上がってきた。

木陰に戻っていたシャウーリャのところに、濡れた身体を振りつつやってきた。

「腹が減らないか？」

使用人が差し出した布で身体を拭きながら、そんなことを言う。

（我が道を行く方だな）

シャウーリャは心の中でつぶやいた。先ほどのあれが結局何だったのか、わからない。

でも水から上がったヴィハーンは、いつも通りの彼だった。

「では、お昼にしましょうか」

ちょうど、太陽が頭の上に差し掛かる頃だった。シャウーリャも空腹を感じている。

使用人が持ってきた軽食と果実水を渡してくれた。ヴィハーンは濡れそぼったままだ。

「着替えなくてよろしいのですか」

水遊びをするからと、着替えを持ってきているはずだ。しかしヴィハーンは、このままでいいと答える。

「この陽気だ。すぐに乾くだろう」

しかし、シャウーリャの隣に座ると敷き布が濡れるということで、少し離れた土の上に直接腰を下ろした。

上は裸のまま、胡坐《あぐら》をかいて食事を始める。王族とは思えない、野性味溢れる姿だ。

実を言えば、ヴィハーンには濡れた服を着替えてほしかった。上が裸のままで艶めかしい、というのもあるのだが、濡れたズボンが肌に張り付き、下着がくっきり透けて見えるのだ。

ふとそちらに目が吸い寄せられてしまい、自分がとんでもない変態になった気がした。気まずいので着替えてほしいが、それを口にすると、相手にも変態だと思われてしまう。

仕方がないので、黙っていた。しゃべる時はなるべく、ヴィハーンの首から上を見るようにする。努めて意識しないようにして、食事を楽しむことにした。

少し距離は空いたが、二人で並んで食事を摂るのは初めてで嬉しい。それに、たくさん歩いて水浴びもしたせいか、食事が美味しく感じられた。

「さっきの話だが。お前の白い肌も、美しいと思うぞ」

一通り食事を食べてから、不意にヴィハーンが言う。一瞬戸惑い、水辺での会話を思い出した。別のことに気を取られていたように見えて、ちゃんとシャウーリャの話を聞いていたらしい。

「それに、異国に行けば様々な肌の人々がいる。この辺りでは俺のような浅黒い肌が当たり前だが、白い肌の民ばかりがいる国もある」

髪や瞳、肌の色が違う人々がいる、というのは、シャウーリャも知っている。蒼玉国を訪れる異国の人々も、色や身体の特徴は様々だった。

「俺は仕事柄、西方の白い肌の民と会うことも多い。だから見慣れたつもりでいた。しかし、お前の肌は彼らとはまた別の白さだ。白き女神のように美しい」

「あ……ありがとうございます」

急に褒めるので、面食らった。しかも称賛の言葉とは裏腹に、口調はぶっきらぼうである。シャウーリャが遠慮がちに礼を言うと、相手は「うん」と、こちらを見ずにうなずいた。

「だからさっきのは別に、お前の足を見て不快に思ったわけじゃない。逆だ。綺麗だと見とれただけだ」

ヴィハーンは、シャウーリャの密かな劣等感に気づいていた。気に病むことはないのだと、そう言っているのだ。

「言っておくが、これは世辞ではないぞ」

こちらが黙っているので、ヴィハーンがなおも言い募る。シャウーリャは笑って「はい」と答えた。

「ありがとうございます。殿下がそう仰ってくださるのなら、私も少し、自分に自信が持てます」

「少しか。大いに持て」

ヴィハーンもようやく、こちらを見て微笑む。いたずらっ子の笑みだ。

昼食を楽しく終え、一休みしたところで、護衛兵が午後の予定を尋ねてきた。

「予定通り、温泉に参りますか。じゅうぶん時間がありますが」

シャウーリャのせいで登るのに時間はかかったが、あらかじめ余裕をもって計画を立てていたので、おおむね予定通りだった。

温泉は、シャウーリャが最も楽しみにしていたところだ。ヴィハーンもそのことは知っているはずだ。

しかしここに来て、ヴィハーンは戸惑うような表情を見せた。

「温泉か。……そうだな」

ちらりとシャウーリャを見る。気が乗らないのだろうか。あるいは泳ぎ疲れたのかもしれない。

「あの、お疲れのようでしたら帰りましょう」

内心では残念でならないが、無理はさせたくない。シャウーリャの体力を気づかってくれたように、自分もヴィハーンに優しくしたいのだ。

シャウーリャの言葉に、ヴィハーンが軽く目を瞠った。

「いや。俺は何ともない。お前が疲れているのではないかと思っただけだ」

こちらを気づかってくれていたのだ。やっぱり優しい人だなと、シャウーリャは感心する。

「私は大丈夫です」

だから、力強く答えた。ヴィハーンは気圧《けお》されたように顎を引いた。

「そ、そうか」

じゃあ行くか、という声がまだぎこちない。

「あの、ヴィハーン様。やはり……」

気が乗らないのかと言外に窺うと、ヴィハーンは「いや」と、かぶりを振った。

「行こう。シャウーリャの着替えも持ってきているのだったな」

使用人に尋ね、持ってきていると答えを聞くと、腰を上げた。

「ならいい。予定通りに行こう」

ヴィハーンは言って、それ以上はためらう様子を見せなかった。

後片付けを終えると、ヴィハーンはシャツを着て、温泉のあるほうへ再び山を登った。

温泉は湖からさほど離れてはおらず、休憩を一度挟んだだけで、難なく辿り着くことができた。

「私も体力が付いてきたのでしょうか」

シャウーリャが言うと、ヴィハーンにプッと笑われた。

「何ですか。おかしなことを言いましたか」

「いや。可愛らしいなと思ってな」

ニヤニヤとからかうように笑うから、むっとした。相手を睨むと、かえって楽しそうな顔をされる。

「ほら、お待ちかねの温泉だぞ」

気安い口調で言って、ポンポンと乱暴にシャウーリャの肩を叩いた。子供たちに接するのと同じ態度だ。

(完全に弟分だと思われているな)

それはそれで嬉しいことなのだが。正妻なのに村の子供たちと同列というのは、ちょっぴり複雑だ。

しかし、そんなことも温泉を前にしてどうでもよくなった。

山の中の温泉だというので、ただ地面に湯溜まりがあるだけの粗末なものを想像していたのに、山の中腹に石造りの小屋が現れて、驚いた。

小屋自体は小さいが、なかなか立派である。周りに木柵が張り巡らされ、中が見えないようになっている。普段は村の女たちも入るから、囲いを造らせたのだそうだ。

シャウーリャはさっそく小屋の中に入った。綺麗に掃除され、地面にむしろが敷かれていた。清潔な布も籐籠《とうかご》に積まれている。

「この小屋は着替えたり、湯上がりに休んだりする場所だ」

着替えを籐籠に置くと、ヴィハーンがシャツとズボンを脱ぎ始めたので、シャウーリャはうろたえた。

「あ、私も……」

脱いだほうがいいのだろうか。湖と違って二人きりだが、それでも裸になるのには勇気がいった。

「いや。お前はそのままでいい。肌を見せるのは苦手だろ」

シャツに手をかけたシャウーリャを見て、ヴィハーンが慌てて制した。

「でも、作法に反するのですよね」

ヴィハーンは下穿き一枚になっている。シャウーリャはぐっと腹に力を入れた。

「私も男です。ここは覚悟を決めて」

「いい。決めなくていい」

シャウーリャが合わせの紐をほどきかけたのを、ヴィハーンが乱暴な手つきで結び直す。

「お前が男なのはわかっている。念のため聞くが、どうしても肌を晒したいか？」

そんな言い方をされると、まるで露出狂みたいではないか。

「いえ。そのようなことはありません」

「ならそのままでいい。ここは俺の温泉だ。作法など何もない。お前は服を着たまま入れ。着替えはある」

一句一句、言い聞かせるように言う。シャウーリャもうなずくしかなかった。

しかし、シャツ一枚脱ぐのも相当な勇気がいることなので、こちらとしてはありがたい。ヴィハーンの後に付いて、小屋の奥にある扉をくぐった。

途端に、もわっと湿った空気がまとわりつく。すぐ目の前に、池のように大きな湯溜まりがあった。

「これが温泉」

シャウーリャは息を呑む。地面は滑らかな石畳が敷き詰められていた。湯溜まりも色の違う石で固められている。湯の奥に岩場があり、その中央に開けられた穴から石樋《いしどい》が通されていて、熱い湯が絶えず流れ込んでいた。

「すごい。昔、本で読んだ、西方の古代浴場みたいだ！」

「よく知ってるな。それを真似て造らせたんだ。ほら、ぼんやりしてると、足を滑らせるぞ」

ヴィハーンは、兄か親のような口ぶりで言った。先に風呂の中に入り、湯の中からシャウーリャに手を差し伸べてくれた。

シャウーリャはヴィハーンの手に掴まりながら、恐る恐る爪先を湯に入れる。

「温かい！」

当たり前だが感激した。これは自然に湧き出たお湯なのだ。思い切ってざぶっと中に入る。

「あっ」

途端、湯船の底の石畳につるりと滑る。ヴィハーンが咄嗟に手を引いて抱き止めてくれなければ、転んで怪我をしていたかもしれない。

「気をつけろ、おっちょこちょい」

ヴィハーンが笑って言うから、シャウーリャは軽く相手を睨んだ。

「一言余計です」

ヴィハーンはそれにも笑って、手本を示すように肩まで身体を湯に沈めた。シャウーリャも膝を折って首まで浸かる。

「気持ちいい……」

自然にため息が漏れる。湯あみの温度よりいくぶん高めだが、じんわり身体が温まる。

「ああ。気持ちがいいな」

ヴィハーンは石の湯船の縁に身を預け、深い息をついていた。シャウーリャも真似をして縁に寄る。

それから思い出したことがあって、お湯を両手ですくうと、クンクンと匂いを嗅いだ。

「臭くない。温泉のお湯は、大変臭い匂いがすると本に書いてありましたが」

硫黄《いおう》の匂いが立ち込めるのだと聞いていた。それがどんな匂いか嗅いでみたかったのだが、微かに異臭がするくらいだった。

「お前は本当に物知りだな。この温泉を作った異国の職人も、同じようなことを言っていた。この場所は特に匂いの素《もと》が薄いようだ」

温泉と一口に言っても、湧き出る場所で違うのだ。これも本を読んだだけでは、わからないことだった。

「ヴィハーン様」

気持ちよさそうに目をつぶる男に、シャウーリャは呼びかけた。「ん？」と、彼は片目だけ開いてこちらを見る。

「避暑に連れてきてくださって、ありがとうございます。何もかも初めての体験で、とても楽しいです。私は幸せ者です」

こうしていろいろな体験をさせてくれるヴィハーンに、心から感謝した。

「幸せ、か。そうか。よかった」

ヴィハーンも、目を細めてはにかんだように笑う。少し幼く見えるその笑顔が可愛らしくて、甘酸っぱいものがこみ上げてきた。

「少し熱くなった」

むず痒《がゆ》そうに口元を緩めながら、ヴィハーンはざぶりと立ち上がる。照れ隠しらしい。

風呂の縁に腰かけて、足だけを湯に浸けている。濡れそぼった肌は上気しており、下穿きが皮膚に張り付いていた。

布地の下にある、ヴィハーンの性器がくっきりと透けて見える。重量感のある、逞しい陰茎が下穿きの中で横たわっており、シャウーリャはつい目を奪われた。

「……っ」

慌てて視線を外す。ヴィハーンのしどけない姿を見て、今まで感じたことのない興奮を覚えている。この興奮が何なのかわからなかったが、後ろめたさも同時に感じていた。

(人様の裸など、間近で見たことがないからな。見慣れないものを見たから、好奇心が疼《うず》いてこのようになるのだろう。きっとそうだ。理論的に考えて、それしかない)

頭の中で、目まぐるしく理由を考える。心の中の声が言い訳じみて感じたが、無理やりに納得させた。

そうしているうちに、頭がぼうっとしてくる。暑くて、シャウーリャもヴィハーンに倣って湯から出た。

ヴィハーンをなるべく見ないようにしていたが、彼がこちらを振り返るのを、目の端で見た。

向こうから、息を呑む音が聞こえた。訝しく思うが、ヴィハーンを見ることができない。

ドキドキするのをごまかすように、下を向いたままシャウーリャは言った。

「少しのぼせました」

けれど、ヴィハーンは答えない。

不安になって顔を上げると、ヴィハーンがこちらを見つめ、ごくりと喉を鳴らしているところだった。

「あ……」

目が合うと、ヴィハーンはたじろぐ。しかし、彼の眼はシャウーリャを見つめたままだ。相手の視線が、首から下に注がれているのに気づき、シャウーリャも目を落とす。

シャツとズボンが濡れて張り付いており、ヴィハーンと同じように透けていた。下半身は下着とズボンを重ねているので見えにくいが、上半身は乳首が透けて、裸も同様である。

羞恥がこみ上げて、慌てて前を手で隠す。女のようだと思われるかもしれないが、どうしても恥ずかしいのだ。

「こ……これでは、裸も同然ですね。脱いだほうがいいかな」

男らしいところを見せたほうがいいだろうか。のぼせた頭で、自分でもよくわからない理屈をこねて取り繕おうとした。

それに対してヴィハーンから返ってきた言葉は、

「……いいのか」

「え？　は、はい」

うなずくと、少し離れていたヴィハーンが、ざぶんと大股で近づいた。その間も、シャウーリャから目を離さない。いや、離せないでいるかのようだった。

「色……薄いな」

胸元を見つめて、ヴィハーンがつぶやく。肌の色のことかと思ったので、今さらだなと思いつつ、うなずいた。

「綺麗だ。だが男の身体だ」

ヴィハーンはまた、独り言のようにつぶやく。それからシャウーリャの目を見て尋ねた。

「脱がしてもいいか」

「はい。あの、自分で」

やります、と言おうとしたのに、聞いてもらえなかった。ぎこちない指が、襟を合わせている紐を解いた。

さっきはあれほど脱がなくていいと言い、シャウーリャが解いた紐を結び直したのに、それを自分で解いている。何だか変だなと思いつつ、シャウーリャはヴィハーンに身を任せていた。

真剣な顔でこちらを見つめる男の顔が、いつも以上に美しく艶めかしく見えて、目が離せなくなっていたからだ。

紐が解かれ、襟の合わせを開かれる。露わになった胸元を見て、ヴィハーンは喉の奥で低くうなった。

「色が薄い……薄紅色なんだな」

乳首のことだと、ようやく気づいた。特別に意識したことはなかったのに、改めて言われると恥ずかしい。

「あの、あまり見られると……」

「陥没してる」

話を聞いてくれない。それどころか、指先でシャウーリャのへこんだ乳首を引っ掻くように触った。

「あ……っ」

「可愛い形だ」

「えっ、あ……待っ」

カリカリと執拗に乳首をいじる。そのたびに、ビリビリと甘い衝撃が全身に走った。下半身が重くだるくなる。

「勃《た》った」

やがて嬉しそうに、ヴィハーンは笑った。いじられた右の乳首だけが、ぷっくりと勃起している。

もう片方も、物欲しそうにひくひくと勃ちかけていた。

「こっちもするか？」

それに気づいたヴィハーンが、舌なめずりをするように左胸を見据える。

「いいです、もう」

恥ずかしくてたまらず、両手で相手の胸を押した。その時、ヴィハーンの下腹部が目に入り、シャウーリャは息を呑んだ。

いつの間にか、ヴィハーンの一物が勃ち上がり、濡れた下着を押し上げていた。透けているので、細部まではっきりと見えてしまう。

「あ、何で……」

「お前の裸を見ていたら、勃った」

開き直ったように、ヴィハーンは堂々と告げた。前に大きくせり出したそれを、隠そうともしない。

「お前も勃ってるぞ」

「え、えっ」

見下ろせば確かに、シャウーリャの下腹部も微かにせり出していた。

「本当に……男なんだな」

「お疑いだったのですか」

相手が信じられないという口調で言うから、こちらも驚いた。ヴィハーンは「いや」と、かぶりを振りながら、

「だが……確認してもいいか」

などと言い出す。先ほど乳首を見据えていた時と同じく、今度はシャウーリャの下腹部に釘付《くぎづ》けになっていた。

「……だめか？」

答えられずにいると、切なげに聞かれた。そういう顔をするのはずるい。

「私だけ、ぜんぶ見せるのは、恥ずかしいです」

せめてもの抵抗に告げると、ヴィハーンはごくりと喉を上下させて何か呻いた。

それから自分の下穿きの紐を解き、手早くそれを脱いでみせる。覆うものがなくなり、男根がぶるんと大きく跳ねた。

「これでいいか」

シャウーリャは、答えることができなかった。そそり立った男根から目が離せない。

「あまり見るな」

ヴィハーンは、先ほどのシャウーリャと同じようなことを言う。

「あ、ヴィハーン様も、毛がないのですね」

「毛？　ああ」

驚いたことに、ヴィハーンの股間には下生えがなかった。

「私と同じだ」

シャウーリャも生えない性質だった。大人はみんな生えるものだというから、密かに気にしていた。

こんなところに仲間がいて嬉しい。

その場の状況も顧みずに喜んでいると、ヴィハーンは「あー」と、低い声を上げた。

「すまん。これは剃ってるんだ」

「えっ」

せっかく生えているのになぜ、と顔を上げると、気まずそうに視線を逸らされた。

「便利というか、何というか。清潔に保つため、かな。今はもう必要ないんだが、剃るのが習慣になってる。……その、いろいろすまん」

いろいろ、という部分はよくわからないが、慰められているのだとわかった。

ヴィハーンは仲間ではなかった。期待していただけに、がっかりしてしまう。

「お前は、生えてないのか」

追い打ちをかけるように、ヴィハーンが言った。

「脱がしてもいいか」

畳みかけ、シャウーリャがいいと言わないうちからズボンに手をかける。しかし、こちらもヴィハーンの下着を下ろさせた手前、今さら嫌ですとは言えない。

じっとしていると、抵抗しないのを承諾と取ったのか、性急な手つきでシャウーリャのズボンを下着ごと引き下ろした。

衣服を風呂場の外に放り出し、むき出しになったシャウーリャの股間をまじまじと見つめる。

「本当だ」

勃起した性器ごと見つめられて、ものすごく恥ずかしい。

「やっぱり、ちゃんと男なんだな」

そんな声と共に、ヴィハーンの手が伸びてくる。肉茎をするりと撫でられて、たまらず声が出た。

「……ゃっ」

ぷるん、と性器が跳ねる。どうして、とシャウーリャはヴィハーンを見た。どうしてそんなところを触るのだろう。なぜというなら、さっき乳首をいじられたこともそうだ。ヴィハーンが執拗にシャウーリャの肢体を見つめる意味がわからない。

「ヴィハーン様のお嫌いな男なのに……気持ち悪くないのですか」

おずおずと尋ねてみる。ヴィハーンはシャウーリャの言葉を反芻するように、何度かぱちぱちと瞬きした。

「確かに、男の一物など見たいものではないが。お前のは何というか……興味をそそられる」

「肌の色以外、それほど変わらないと思いますが」

「いや、ぜんぜん違うだろ」

きっぱり言われて、少しむっとした。確かに、大きく逞しいヴィハーンに比べたら、貧相な持ち物ではあるが。

シャウーリャが睨んでいると、やがて視線に気づいたヴィハーンが、くすっと笑う。

「いや、すまん。お前を馬鹿にしたわけじゃないぞ。まあ、俺よりはだいぶ小さいが」

「ヴィハーン様！」

思わず目を吊り上げる。ヴィハーンは喉の奥で低く笑った。甘い笑顔のまま見つめられ、シャウーリャはそれ以上、強く睨むことができなかった。

ヴィハーンはそんなシャウーリャの心をからめとるように、笑みを深くする。

「冗談だ。お前の身体は、どこを取っても美しい。女の身体じゃない。同じ男だとわかっているのに。

……どうしてかな。目が離せないんだ」

男臭い美貌が近づいてくる。気づいたら、唇を奪われていた。柔らかな唇が押し当てられ、ゆっくり離れる。

「お前は？」

「え？」

「俺にこうされるのは、気持ち悪いか」

シャウーリャが嫌だと言ったら、もう二度と触れないだろう。真剣さを孕《はら》んだ問いかけに、慌てて首を横に振った。

「嫌では、ないです」

「気が乗らない？」

言って、もう一度唇を押し当てる。それから、どうだ、と窺うようにシャウーリャを見下ろした。シャウーリャは再びかぶりを振る。

「むずかしいことを聞かないでください」

ヴィハーンに触れられるのは、嫌ではない。気が乗らないわけでもない。もっと触れてほしいと思う。一緒に風呂に入っていただけなのに、どうしてこんな気持ちになるのか、わけがわからない。混乱している。

シャウーリャの戸惑いに気づいたのか、ヴィハーンは柔らかく微笑んだ。

「わかった。それならもっと簡単なことを聞こう。……これは、気持ちいいか」

またも、シャウーリャの性器をするりと撫でる。不意を衝かれ、シャウーリャの身体はびくんと跳ね上がった。

「……っ」

「気持ちがいいみたいだな。もう少し触れてみよう。嫌なら言ってくれ」

骨ばった男の手が、シャウーリャの新芽を握り込む。熱くて大きな手に包まれ、それだけで腰がずんと重くなった。

ヴィハーンはさらに、手筒を作ってシャウーリャの性器をしごく。

「あ、やっ、あっ……何で」

「人にこうされるのは、初めてだよな。自分で慰めることは？」

「やっ……そんなの」

くちゅくちゅと水音を立てて性器をしごきながら、追い立てるようにシャウーリャの乳首を舐めた。

「ひぅっ」

「しない？　そんなことはないよな」

「た、たまに……でも、ほとんどしな……っ」

鈴口を爪の先で軽く引っ掻かれる。痛痒い刺激に、息を詰めた。

「これほど感じやすいのに、たまにか」

「あっ、あっ」

同じ男だからだろうか。ヴィハーンの手は的確に気持ちのいいところを刺激する。

「嘘じゃ……やっ、ヴィハーン様、それ以上は……」

自慰をほとんどしないのは、本当のことだった。まったくしないということはないが、あまり興味

が湧かない。湧かなかった、今までは。

自分の手でする時も、なかなか達することができなかった。なのに今は、すぐにでも射精したくてたまらない。

「いきそうか？」

ヴィハーンは追い立てるようにしごく速度を上げる。同時にシャウーリャの胸に舌を這わせ、乳首を強く吸った。

「ひ、ぁ……っ、あっ」

びくびくと身体が跳ねる。全身に快感が駆け抜け、抗《あらが》うすべもなく射精していた。

「あぁ……」

頭の芯がぼうっとする。力が抜けてくったりした身体を、ヴィハーンが抱き止めた。シャウーリャの身体を湯から引き上げる。

風呂の縁に寝かせると、何度か口づけをした。

「シャウーリャ」

呼ばれて、ぼんやりしたまま足元を見る。足の間にヴィハーンがいて、そそり立った肉茎を自らしごいていた。

形のいい眉をわずかにひそめ、唇を薄く開いて悩ましげな吐息を漏らす姿に、シャウーリャは目を離すことができない。

「……っ、く……っ」

やがて、ヴィハーンが身を震わせて低く呻く。鈴口から勢いよく精が飛び、シャウーリャの腹や太ももを濡らした。

逞しい男の痴態《ちたい》と、熱く大量の精をかけられる感覚に、シャウーリャはゾクゾクするような甘い官能を覚える。

やがて吐精を終えたヴィハーンは、ほっと息を吐いた。

「シャウーリャ」

甘い声で呼び、シャウーリャに覆いかぶさる。深く、何度も口づけされた。

「ん……っ」

「シャウーリャ」

名前を呼ぶのは、こちらの返事を待っているわけではないらしい。口づけの合間に切なげに繰り返し呼ばれ、シャウーリャは気づいた。

「ヴィハーン様」

相手を真似て、呼んでみる。舌に名前を乗せた先から、甘く切ない気持ちになった。

ヴィハーンはシャウーリャの肩口に顔を沈め、ぎゅっと抱きしめる。

どうしてこうなったのかわからないまま、それでも抱擁《ほうよう》が心地よくて、シャウーリャはうっとりしながらヴィハーンの身体に腕を回した。


七日間の滞在を終え、シャウーリャたちは本邸のある街へ出発した。

温泉の他にも、大きな湖で船遊びをしたり、村人と宴会をしたりと、毎日やることが盛りだくさんで、あっという間に過ぎた。

王都への帰路にまた立ち寄ることになるが、それまでしばしのお別れだ。出発の日も、村人が集まって見送ってくれた。シャウーリャとヴィハーンは、それに手を振る。

「とても楽しい七日間でした」

馬車で二人きりになって、シャウーリャが言うと、ヴィハーンは嬉しそうに微笑む。

「それはよかった。俺もお前と一緒に遊べて楽しかったな」

目を細めて、少し眩《まぶ》しそうにシャウーリャを見る。この頃よく、彼はこんな表情をする。

温泉に二人で入ってからだ。

あの日、シャウーリャは温泉に長いこと浸かっていたせいで湯あたりしてしまい、ヴィハーンに負ぶわれて山を下りることになった。

護衛騎士が運びましょうと申し出たのだが、ヴィハーンは自分で運ぶと言って、最初から最後までシャウーリャを背中から下ろすことはなかった。

「お前が湯あたりしたのは、俺のせいだからな」

シャウーリャが謝ると、ヴィハーンはそんなふうに言った。

そう、ヴィハーンはシャウーリャに、夫婦や恋人同士がするようなことをした。シャウーリャも閨房についてはいちおう、知識だけは一通り持っている。花嫁として嫁ぐにあたり、男同士の行為も教えられるのだ。

男同士、どこで繋がるのかも知っている。温泉でのあれは、最後のまぐわいこそしなかったが、はっきりとした性行為だった。

どうしてそんなことをしたのか、人前で尋ねることはできず、シャウーリャは内心でそわそわしていた。

本陣屋敷に戻って寝室に寝かされた後、ヴィハーンが人払いをして二人きりになった時、勇気を出して尋ねた。

「嫌だったたか？」

理由について、ヴィハーンはすぐには答えず、まず心配そうに尋ね返した。

「嫌ではないです」

温泉でも、そんな会話をした気がする。シャウーリャの答えに、ヴィハーンは少しほっとしたようだった。

「男は、気持ちがなくても刺激されれば反応するからな。お前が嫌な気分になっていたらと、心配だったんだ」

言ってから、寝台に横たわるシャウーリャの頬をさらりと撫でた。

「俺に触れられるのは、嫌じゃないか。夫婦だからといって、遠慮しなくていい」

「嫌ではありません。ただ、どうして私に女性にするように触れるのか、疑問なだけです。ヴィハーン様は、男色はお嫌いなのですよね」

じっと相手の目を見て尋ねる。ヴィハーンは困ったように微笑んだ。

「ああ。男を抱くのも抱かれるのも、想像するだけでゾッとする。女の裸はいつでも見ていたいが、男の裸はむさ苦しいから見たくない。……そう思っていた。お前以外は、今だってそうだ」

ヴィハーンの手が、また頬を撫でる。その手は頬から首筋へと降りていった。くすぐったくて身をすくめると、こちらを見下ろすヴィハーンの目は熱を帯びた。

「シャウーリャ。あまり自覚していないようだが、お前は美しい。男に興味がない俺が、惑わされるくらいに。ついお前を見てしまうし、滑らかな肌を見せられると、目が離せなくなる。あの時はお前の裸を見て、劣情を抑えられなくなった」

今まで、ヴィハーンがシャウーリャの容姿を褒めるのはただのお世辞だと思っていた。

「劣情……」

「ムラムラッとしたんだ」

「ムラムラ……」

シャウーリャがいちいち真面目な顔でおうむ返しにするので、ヴィハーンの顔に赤みが差す。

「……悪かったよ」

本当に困っているようで、可愛いなと思ってしまった。

「いえ。何となくわかる気がします。私もその……あなたの裸を見て、ムラッとしましたし」

言ってから、恥ずかしくなって視線を逸らした。

「本当に？　勃起してたのは、そのせいか」

ヴィハーンは息を呑み、それから嬉しそうな声でシャウーリャを覗き込んだ。

「はっきり言わないでください」

いたたまれなくなって、上掛けを顔の上まで引っぱり上げる。ヴィハーンはクスクス笑った。「シャウーリャ」と、甘い声で呼ぶ。

「本当に嫌じゃなかったんだな」

「そう言ってるじゃないですか」

恥ずかしいので、ぶっきらぼうになってしまう。上掛けの端から目だけを覗かせて見ると、ヴィハーンが目を細めて微笑んでいた。

「よかった」

ちゅっと音を立てて額に口づけされた。次にまぶたへ。頬にも口づけされ、そろそろと上掛けを下げたら、唇を吸われた。

でも、それだけだった。

「夕食まで休め。気分が悪くなったら呼ぶんだぞ」

最後はあやすようにシャウーリャを撫でて、部屋を出ていった。

その後、夕食で会ったヴィハーンは、もういつもと変わらなかった。少し眩しそうにシャウーリャを見るくらいだ。

夕食の後に少し酒を飲み、話をしたが、寝る時は普通にお互いの寝室に戻った。口づけもなかった。

あの性行為は、あの場限りのことだったらしい。シャウーリャの裸を見て、ムラッとしたからしただけであって、特に深い意味はない。

またヴィハーンが、何かの拍子にムラッとしたらシャウーリャの出番が来るかもしれないが、それまではいつも通り、形だけの夫婦なのだ。

シャウーリャは落胆した。そして、がっかりする自分をはしたなく思ってしまう。

ヴィハーンにされたあの行為は、気持ちよかった。互いの放埓《ほうらつ》の後、抱き合って口づけした時は、心まで満たされたものだ。

またしたい、できれば頻繁に……などと考える自分はいやらしいのだろう。ふとした拍子に温泉での出来事を思い出してしまい、一人でムラッとしてしまう。自慰をしたかったが、隣の部屋でヴィハーンが眠っているかと思うとためらわれた。

おかげでずっとムラムラしっぱなしだ。あちこち遊びに行ったり、みんなといる時は気が紛れるが、夜寝る時は悶々《もんもん》としてしまう。

ヴィハーンと二人の時も、ふとした拍子に彼の男らしい喉元や、骨ばった手首などに目を奪われてしまう。手首を見て興奮するなんて、とんだ変態である。

今も、差し向かいで馬車に乗り、車窓の外を見つめるヴィハーンの横顔を見て、胸がどきどきしているのだ。

「どうした？」

シャウーリャの視線に気づいたヴィハーンが、ちらりと横目でこちらを見た。流し目も美しい。

「何でもありません」

見とれていたとは言えなくて、そっぽを向く。ヴィハーンがちょっと笑う気配がした。

面白くないのは、シャウーリャのこういう変化に、ヴィハーンが何となく気づいているようなのだ。気づいていて、シャウーリャが焦ったりそわそわしたりしているのを見て、楽しんでいる。

「お前は、俺が初めてなんだよな」

気を逸らそうと、必死に窓の外を向いていたら、ヴィハーンがぽつりとつぶやいた。

「初めて、とは」

「温泉でのことだ」

蒸し返されて、顔が熱くなった。「当たり前です」と、怒った声が出る。

「私はヴィハーン様のように、女たらしではありません。く……口を合わせるのも初めてだったんですよ」

「そうかそうか」

嬉しそうにニヤニヤしている。シャウーリャは相手を睨みつけた。自分ばかり翻弄《ほんろう》されていて悔しい。

「女たらし、か。俺の噂は聞いてるんだな」

「有名ですから」

つっけんどんに返すと、ヴィハーンはまた、「そうか」とうなずいた。ちらりと向かいを窺うと、彼はニヤニヤ笑いを消して、何か考え込むように窓の外を見ていた。

「噂は真実だ。俺には恋人がいた。複数の女性と付き合っていて、そのうちの一人とは結婚の話も出ていた」

ヴィハーンは、真面目な声で打ち明けた。知っていたことだが、本人の口から聞かされると、また胸が痛くなる。

「ダミニ嬢ですね」

「そうだ。俺は『白き花嫁』を娶った後も、変わらず女たちと関係を持つつもりでいた。形だけの男の妻を持ったからといって、禁欲をする気はなかった。そんな義理はないと思っていたし、何なら白き花嫁にも相手をあてがえばいいと思っていたんだ」

シャウーリャはうなずく。それから「実は」と、今まで胸の内に秘めていたことを話した。

「王宮に着いたその日に、ヴィハーン様が側近らしき方々と話しておられるのを、聞いてしまったんです」

猫を追いかけて迷ったこと、四阿でヴィハーンたちがシャウーリャを揶揄していたこと。

すっかり打ち明けると、ヴィハーンはさすがに驚いた顔をしていた。

「ずっと、お前を傷つけていたのだな。すまなかった」

「いいえ。悲しい気持ちになりましたが、同時に殿下の反応は当然だとも思いました」

「確かに『白き花嫁』など、忌まわしい因習だと思っていた。だが、お前のことをよく知らなかったとはいえ、妻となる者を揶揄してはいけなかった。悪かった」

シャウーリャは黙ってかぶりを振る。今はもう、ヴィハーンが自分を悪く思っていないのを知っている。だからもう、いいのだ。

「シャウーリャ」

ヴィハーンはシャウーリャの手を取り、許しを請うように甲に口づけた。

「もう誰にも、お前を『髭の花嫁』などとは呼ばせない。そんなことを言う奴がいたら決闘する。お前は俺の妻だ。俺はそのことを後ろめたいとは思わない。むしろ誇らしく思う」

真剣に言い募る。誇らしい、という言葉が嬉しかった。微かにうなずくと、ヴィハーンはもう一度、手の甲に口づけした。

「お前のことは家族として、大事に面倒を見るつもりだったが、同時にダミニや他の女たちとも、今まで通りの関係を続けるつもりだった。いずれ、跡取りのことも考えなければならない。側室候補として条件は悪くないと、そんなふうに考えていた」

そうなのだ。シャウーリャはどう頑張っても、子供は産めない。ヴィハーンはいずれ側室を迎え、跡取りをもうけなければならない。

シャウーリャが思い出して唇を嚙むと、ヴィハーンは大丈夫だ、とでもいうように、握っていた手を優しく撫でた。

「こんな言い方をすると不愉快かもしれないが、女たちを特別愛していたわけではなかったんだ。みんな可愛いと思っていたし、それなりの情はあったが、俺は今まで、誰かに恋をしたことはなかったのだと思う」

ダシャもそんなことを言っていた。次々に浮き名を流すヴィハーンは、誰にも本気ではなかったのだろうと。

「男の正室を娶ることも、女たちのことも、事務的に考えていた。でも実際にお前と会って、その人となりを知るにつれて、気持ちが変わった。お前は真面目で一生懸命だ。異国から嫁いできて、男でありながら妻として馴染もうと努力している。健気だと思った。それから、自分の不誠実さが恥ずかしくなった」

「そんなこと……」

輿入れした初日こそ、ひどい陰口に傷ついたが、その後のヴィハーンはずっと親切だし誠実だった。そのことを口にすると、ヴィハーンは「それはお前の人となりを知ったからだ」と言った。

「お前にとって、恥ずかしくない家長でありたいと思った。それで、女たちとは別れた。お前が母上の茶会に出席する以前の話だ」

「そんなに前に？　その、ダミニ嬢とも？」

「ああ。彼女も、それ以外の女たちとも、全員」

シャウーリャは驚いた。てっきり、まだ恋人と続いていると思っていたのだ。

「俺に今、女はいない。お前だけだ」

その言葉を聞いた時、シャウーリャの心が震えた。お前だけ。それがたまらなく嬉しい。

「今後も恋人を持つ気はない。側室もいらない」

「でも、跡継ぎは」

「いずれ、養子を取ろうと思う。俺は第四王子だ。必ずしも実子に家を継がせる必要はない」

ヴィハーンの口調はきっぱりしていた。もうすっかり決めていて、迷いがないようだ。

「驚いてるな」

ただただ目を瞠るシャウーリャを見て、おかしそうに笑う。

「それは、当然です。今までずっと、あなたには恋人がいて、いずれ側室をお迎えになると思っていたのですから」

「ああ。だから今、伝えておこうと思った。側室は取らない。俺の家族は、お前だけでいい」

それは、嬉しい言葉だった。そのはずだった。

たとえ最初から覚悟していたとしても、側室を迎える正室の心は複雑だ。それが男であっても、自分の存在理由を否定されるようで悲しいものになる。

だから、ヴィハーンの話はシャウーリャにとっても喜ばしいことだった。実際、側室を取らないという言葉そのものは、嬉しかったのだ。

なのに、「俺の家族」と言われた瞬間、シャウーリャの心が萎んだ。

自分でも、いったい何が不満なのか不可解で、戸惑ってしまう。

（ヴィハーン様は家族として、私をこの上もなく大切にしてくださるのに）

自分はヴィハーンにとって家族であり、弟のようなものだ。

過去のヴィハーンの言葉を反芻して——そして不意に気がついた。

（あ、そうか……）

——そうだったのか。

本当に唐突に、シャウーリャは自分自身の気持ちを理解した。

ヴィハーンの恋人たちのことを考え、彼に「男に興味がない」と言われるたびに、胸がチクチクしたこと。

ヴィハーンの顔を見るたび、わけもなくドキドキした。温泉で彼に触れられた時、気持ちがいいだけでなく、幸福に満たされた。ヴィハーンの口づけはいつも、新しい書物を読んだ時以上に心を満たしてくれる。

すべての点が繋がった。

（私は、ヴィハーン様をお慕いしている。この方に、恋しているのだ）

恋というものは、これまで本の中でしか味わったことがなかった。だからすぐには気づけなかった。

これは恋だ。自分はヴィハーンに、女のように、恋人のように扱われたい。

気づいたけれど、それを口にしようとして、できなかった。

（ヴィハーン様は私のことを、どう思っているのだろう）

シャウーリャのことを家族だと思い、側室はいらないという。稀代の女たらしが、男のシャウーリャに手を出した。

ヴィハーンも自分と同じ想いを抱いているのかもしれない。そうだったらいいなと思う。

でも、シャウーリャの勘違いだったら？

相手は百戦錬磨の恋の狩人で、対する自分は、この年まで初恋すら知らなかった恋愛初心者だ。

自分はヴィハーンを慕わしく思っているけれど、ヴィハーンにとってはやっぱり、シャウーリャは弟分でしかないのかもしれない。

だとすれば、この気持ちを伝えたら相手を困らせるばかりだ。

気づいた自分の想いに怖くなって、シャウーリャは結局、それの感情を胸の内に秘めておくことにした。

# 六

ヴィハーンの本邸がある湖水地方の街は、ここが王都だと言われても信じてしまうくらい、よく栄えていた。

かつては小さな町で、シャウーリャが読んだ本には正しくそのように書いてあったのだが、この十数年で変わったようだ。

「王都はこんな広さではないし、もっと賑やかだぞ」

ヴィハーンは言ったけれど、シャウーリャの母国、蒼玉国《ニイラム》の王都より間違いなく栄えている。

「そういえば、輿入れの時はベールをかぶっていたから、王都の街並みは見たことがないのだったな。王都に戻ったら、あちらも散策しよう」

シャウーリャは嬉しくなった。ある一点を除けば、この夏は本陣の村に始まって、ただひたすらに楽しいことばかりだった。

夏がいつか終わってしまうのが切なくて、ずっと終わらなければいいのにと思っていたのだ。

王都に帰ってもまだ、楽しいことがある。それどころか、ヴィハーンといる限り、またこうして旅をする機会があるかもしれない。

毎日が目新しいことばかりで、楽しくて楽しくて仕方がない。

旅の合間につけていた覚書《おぼえがき》は、相当な量になった。これを日記にまとめたいが、地域や事柄などで分類するのも苦労しそうだ。

まとめるのは王都に戻ってからにしようと決めて、それは旅の終わりの楽しみな作業になった。

（こんなに楽しくて幸せで、いいんだろうか）

生まれ故郷を出たのは、まだ今年の春のことだった。

見たこともない国と夫のことで、不安ばかりが募っていたあの頃から、そう時間は経っていない。なのにもう、故郷にいた頃がずっと遠く感じられる。

本邸に着いた日、ヴィハーンにそう言ったら、彼は喜んでいた。

「それはよかった。旅なんてわずらわしい、家にいるのがいいという人間もいるんだ。お前は本来、新しい場所に飛び込むのを好む性質なのかもな。王都にいる頃より、生き生きとしている」

そうかもしれない。故郷にいた頃は他に選択肢がなかったから、それが当たり前だったが、もし王都でのんびり暮らしているか、毎日あちこち出かけるか選べと言われたら、きっと後者を選ぶだろう。

「なら、これからも俺が仕事で王都を離れる時は、一緒に行こう。疲れたり飽きたりしたら、その時は休めばいいいんだ」

「ヴィハーン様は、旅の相棒ができて嬉しそうですね」

本邸に着いて最初のお茶の時間、側にいたダシャが微笑ましそうに言った。

「……まあな」

ヴィハーンは怒ったようにぶっきらぼうに言い、それから「嬉しいよ」と、小さくつぶやく。顔が赤い。照れているのだと気がついた。

シャウーリャは可愛い人だなと思い、ダシャもニコニコしている。

「お仕事の邪魔をしないようにしますので、ぜひ連れていっていただきたいです。体力も付けるようにしますし」

ヴィハーンと一緒にいられて、しかも新しい土地に行けるなんて。夢のようだ。

嬉しいこと、楽しいことばかりだから、シャウーリャは自覚したばかりのヴィハーンへの想いを、そっと胸にしまった。

生まれて初めて、人を好きになった。これが恋をするということなのだろう。

でも相手は同性で、しかも無類の女好きだ。側室は持たない、お前だけでいいと言ってくれたけれど、それがシャウーリャと同じ想いを抱いている、という確証にはならない。

だってあれほどはっきりと、男は性愛の対象にならないと言っていたのだ。シャウーリャとは家族にはなれても、本物の妻としては見られない。

シャウーリャもそれを了承した。あの時は恋を自覚していないから、それも当然のことだと思った。

もし今、シャウーリャが恋をしてしまったと告げたら、ヴィハーンはきっと困ってしまう。

性愛の対象でない相手から、性愛を向けられるのだ。

シャウーリャが彼の立場だったら、やっぱり困るし、一緒に旅行をするのも気詰まりになる。

だから、この気持ちは秘めておくことに決めた。今のこの、楽しい空気を壊したくない。

この先、ヴィハーンと行動を共にするためにも、本心は隠しておいたほうがいい。自覚すると同時にそう決めて、これまで通りに接することにした。

とはいえ一度自覚してしまうと、相手の何もかもが素晴らしく見える。ヴィハーンのちょっとした仕草、たとえばお茶を飲む時の横顔とか、シャウーリャの話を聞いてふと見せた笑顔とか、本当に些細なことにも見とれてしまいそうになる。

街の賑やかさや、豪奢《ごうしゃ》な本邸に気を取られていなければ、もっとずっとギクシャクしていただろう。

本邸は広さこそ王宮に及ばないが、造りや調度は王子宮よりも豪華だった。屋敷のあちこちに世界各地から集めた美術品が並び、大理石の廊下には足が沈みそうな分厚い絨毯が敷かれている。

それでいて、どの部屋も洗練されていて無駄がなく、優秀な使用人たちによって清潔に美しく保たれていた。

「王宮では序列があるからな。政治に参加していないとはいえ、第四王子の俺があまり目立っていると、他の兄弟たちから良く思われない」

だから第四王子宮は、控えめなのだそうだ。

確かにこの本邸を見れば、ヴィハーンがどれほど莫大な財産を有し、世界各地と交流があるのかわかる。

蒼玉国はもちろん、四王国のある一帯ではまず手に入らないような、貴重な美術品もあった。

「これは……白磁ですか。しかし、絵付けが東方のものとは違う。西方らしい……あっ、もしかして、西北の国で作られている白磁でしょうか。製法が国家機密だという」

ヴィハーンに案内されて屋敷を回りながら、珍しい陶器の壺《つぼ》を見つけて、シャウーリャは興奮した。

「その通りだ。お前は何でも知ってるんだな」

「本で読んだことがあるだけです。あと、異国の商人の手記を読んだりして。すごい……」

もともとが大変高価で数も限られているため、石の民が住む大陸の東側半分まで出回ることはごく稀だ。シャウーリャの知識が古いものでなければ、この壺一つでシャウーリャが何年も遊んで暮らせる。

「もっと近くで見ればいいのに」

「む、無理です。もしうっかり壊したらと思うと……」

近寄れないけど、壺は見たい。へっぴり腰で首だけ伸ばすシャウーリャがおかしかったのか、ヴィハーンが後ろからトン、とシャウーリャの腰を押したので、「ひいっ」と悲鳴を上げた。

転んだりして、壺を倒しては大ごとだ。慌ててヴィハーンの身体にしがみつく。

「ひどいです、ヴィハーン様。びっくりするじゃないですか」

思わず相手を睨むと、ヴィハーンはおかしそうに笑った。

「はは。そんなに驚くとは思わなかった。すごい声だったぞ」

シャウーリャはもう一睨みして、そろそろとヴィハーンから離れようとした。咄嗟のこととはいえ、抱きついてしまった。

しかし、離れようとするシャウーリャの腰を、ヴィハーンが抱き寄せた。

「な……何ですか」

好きな人の顔が間近にあって、ドキドキしてしまう。でもヴィハーンの微笑みがいつもより甘く感じられて、目が離せなかった。

ヴィハーンはシャウーリャを見つめてまた、眩しそうに目を細める。それからするりと、シャウーリャの頬を撫でた。

「白磁より、お前の肌のほうが撫で心地がいい。滑らかで吸い付くようだ」

ヴィハーンのキザなセリフには慣れたつもりだった。しかし、腰を抱かれ、頬を撫でられながらは初めてだ。まるで口説かれているようで、シャウーリャはどこを見て何を言えばいいのか、わからなかった。

「ま、また……そういうこと……」

「真っ赤だな」

ヴィハーンはクスクス笑いながらシャウーリャをさらに抱き寄せ、転んでも白磁に届かない位置まで連れてくると、ようやく手を離してくれた。

シャウーリャはどうにか、二本の足で踏ん張ったけれど、気を緩めるとその場にへたり込んでしまいそうだった。

「そ、そういうことは、女性にやればよろしいでしょう」

言うと、ヴィハーンは一瞬目を見開き、それからまた甘やかに笑った。

「しないよ。もう女は口説かない」

意味深なセリフを吐いて、しかしその後はちょっかいをかけてくることはなかった。

夜になって、その日は豪華な晩餐だった。初めて本邸を訪れたシャウーリャのために、料理人が腕を振るったのだ。

嫁いできた当時は、紅玉国の料理が食べ慣れず、ヴィハーンが用意させた故郷の料理に涙を流していたシャウーリャも、今は新しい料理、初めての味を楽しむ余裕がある。

そうして味わってみると、湖水地方の郷土料理はどれも美味しくて、舌を楽しませてくれた。

食事の後は、大広間にある広い露台《バルコニー》にテーブルを並べ、月と星を見ながら酒を飲んだ。

「明日はゆっくりして、明後日は少し遠出をしよう。お前に見せたいものがあると言っただろう？　新しいもの好きのお前がどんな反応をするか、今から楽しみだな」

「新しいものなのですか。何でしょう」

「教えたら面白くないだろ。お前が見たこと感じたことを、またあの覚書に書いてくれ」

籐の椅子に身をもたせ、ゆったりとくつろぎながら、ヴィハーンが言った。少し行儀が悪く、椅子の上で立膝をついている。そうやって葡萄酒《ぶどうしゅ》を呑む姿も様になっていて、シャウーリャは懸命に彼から視線を引き剝がした。

「あの覚書は、なかなか興味深かった」

本陣屋敷にいた時、熱心に書き付けるシャウーリャを見て、ヴィハーンが興味を示した。書いたものを見せてほしいと言われて、書き付けの束を渡したのだ。ちょっと見るだけだと思ったのに、束ごと持っていってしまい、本陣を出発する時に返された。

「ただの旅の覚書かと思ったが、素人にしてはいささか偏執的だな」

「偏執的……」

変人みたいに言わないでほしい。

「本陣の村人の生業《なりわい》の種類に数、土着の信仰……くらいならまだしも、馬車の車輪幅とか、家の造りだの使っている釘の長さだの、きりがないな」

「はい。きりがないのです。気になることを聞いて回っていたら、とても書ききれなくて」

人々の暮らしぶりも、王宮とはまるで違う。本陣村特有の事柄かそうでないか、比較するほど湖水地方のことを知らないので、この街でも調べたいことはたくさんある。

「あの覚書を、これからも増やしたらいい。いずれまとめるんだろう？」

書物ではいずれも、各地域の特色をさらっと述べるにすぎず、細かいことはわからなかった。

「はい。帰ってから日記に」

「日記か。蒼玉国にいた時からつけているのか？　王都に戻ったら見せてくれ」

「え、嫌です」

シャウーリャは思わず顎を引いた。ヴィハーンは困ったように眉尻を下げ、「なぜだ」と問う。

「なぜと言われても……日記なので、人に言いたくないことも書いてあるんです」

「俺の悪口とか？」

「……悪口は、書いてません」

でも、しゃべり方が早口すぎる、なんてことは書いた気がする。あれも悪口に入るだろうか。

他にヴィハーンのことで、何を書いただろう。親切にしてもらったことも綴ったが、改めて見られるのは恥ずかしい。

「イシャンのことは？」

日記の内容を思い出していたら、そんな質問をされた。

「イシャン様、ですか？」

その名を、久しぶりに聞いた気がする。どうして急に彼のことが出てくるのだろう。

驚いて振り返ると、ヴィハーンが存外に真剣な顔をしていたので、いっそう不可解だった。

「文通していたのだろう。あいつのことも、日記に書いたんじゃないか」

「それは、まあ。イシャン様から手紙をいただいたとか、そういうことを綴ったかもしれません」

昔のことを思い出しながら答えるが、ヴィハーンはなおも先を促すように、黙ってシャウーリャを見つめている。彼は何が知りたいのだろう。

「イシャン様が亡くなった時は、悲しくて日記に書くどころではありませんでした。自分の身がどうなるのかもわからず、不安もありましたし。……あ、イシャン様のことを書いた日記を、読みたいですか」

亡くなった異母弟の足跡を辿りたいのかな、と思いついた。他に、ヴィハーンが真剣な顔をする理由を思いつかない。

嫁入り道具に、昔の日記も持ってきた。国元に置いて、誰かに見られたら恥ずかしいからだ。

「探せばあると思います。といっても、手紙の内容に触れたりするだけですが。イシャン様の思い出でしたら、バルカ様にお預けした手紙を直接読んだほうがよくわかると思います」

「いや……それはいいんだ。イシャンと、それにお前の手紙もいつか見てみたいとは思うが。そうではなくて、お前がイシャンをどう思っているのか気になった。あいつが恋しくなることはないか」

「恋しく、ですか」

シャウーリャは戸惑った。嫁いだ当初も、茶会でバルカに会った後も、ヴィハーンはイシャンについて、あまり話すことはなかった。たまに思い出話はしてくれるが、それだけだ。シャウーリャのイシャンに対する気持ちなど、尋ねたことはなかったのに。

なぜ今、それが気になるのだろう。

「お前はイシャンのことをどう思っていたのか、聞いていなかったな。お互い顔も見ない相手だ。それほど情を交わしたわけではないと考えていた。だが、そうではないかもしれない。ふと気になったんだ。お前は、イシャンに恋をしていたか」

ずばり聞かれて、シャウーリャは言葉に詰まった。自分の気持ちがわからなかったのではなく、ヴィハーンが思い詰めたような顔で尋ねてくるから、驚いたのだ。

「恋、ではありませんでした」

わずかの間を置いて、シャウーリャは答える。

ヴィハーンに恋をした今なら、はっきりと答えられる。イシャンに対する気持ちは、恋とは違っていた。

「一番しっくりくるのは、友人という言葉かもしれません。同じ運命を分かち合う友人として、私たちはお互いに手紙をやり取りしていたんです。少なくとも私は、そういう気持ちでした」

イシャンが本当はシャウーリャをどのように思っていたのか、今はもう知ることができない。

でも手紙の文面はいつも優しく思いやりに溢れていたから、決して悪くは思われていなかったはずだ。

「イシャン様とは手紙だけで完結して、日記にはあまり書かなかったんです。イシャン様が亡くなってしばらくして、こちらに輿入れするらしいと聞いた時に、不安な気持ちなどは綴りましたけど」

ありのままを伝えると、ヴィハーンはどこかホッとした様子で「そうか」とうなずいた。

「いや、急におかしなことを聞いて悪かった。お前の日記を読むのは諦めるよ。私的なこともずいぶん書いてあるようだから」

そう言われて、シャウーリャもホッとした。日記など、誰かに見せたいものではない。

「その上で提案なんだが。今回の旅については、日記ではなく旅行記としてまとめるのはどうかな。それなら人に見せられるだろ。俺にも、俺以外にも」

「それは構いませんが。私の旅行記なんて、読む人がいますかね」

シャウーリャのような物好きでもなければ、誰も読まない気がする。しかしヴィハーンは、「いる」

と、きっぱり答えた。

「まず俺が読みたい。それにあの内容なら、俺以外にも読みたいと言う者がいるはずだ。まあとにかく、まとめたら読んでみたい。読ませてくれ」

あまり熱心に言うので、シャウーリャも「わかりました」とうなずいた。自分の趣味ではあるが、あれを読みたいなんて、この方も変わっているなと思う。

でも仲間ができたみたいで、嬉しくもあった。

酒と会話を楽しんで、その日は終わった。寝室はもちろん別れていて、本邸でもヴィハーンの隣の部屋があてがわれた。

中には隣の部屋と繋がるドアがあって、お互いの寝室を行き来できるようになっている。ただ、両方から鍵がかかるようになっていた。

「中の鍵をしっかりかけとけよ。狼が襲ってくるかもしれないからな」

寝る時、ヴィハーンがそんな冗談を言い、軽く片目をつぶって見せた。彼お得意の軽口なのだろうと思い、

「閂《かんぬき》もかけておきます」

シャウーリャも澄まして答えた。やはりただの冗談だったようで、ヴィハーンは笑って自分の寝室に引っ込んだ。

(まったく見境がないんだから。こっちの気も知らないで)

向こうにとっては冗談でも、シャウーリャはいちいちどぎまぎしてしまうのに。

女は口説かない、と言ったのも冗談なのだろう。だいたい、側室を持たないといっても、女たらし

がこれから一生、禁欲生活を送るとは考えがたい。

そう考えたらモヤモヤしてきたが、その日は馬車の移動の疲れもあって、すんなり眠ることができた。

翌日は遅くに起きて、屋敷でのんびりした後、午後からは馬車で近場を見て回ったりした。

散策は短い時間だったが、生まれて初めて店で買い物をした。王宮に来る御用商人から買い物をしたことはあるが、自分が店舗に赴いて現金と商品を交換したのは、今回が初めてだった。

王都で留守番をするガウリカや侍女たちに土産を選び、ヴィハーンからもらったぴかぴかの金貨で支払った。それだけのことだけれど、シャウーリャにとっては感動的な出来事だった。

「私ばかり楽しんで、ヴィハーン様は退屈ではないですか」

本陣村でもそうだったが、本邸に来てからも、シャウーリャを中心に予定が組まれている。仕事もあるだろうに、邪魔をしていないか気になった。

「いいや、ちっとも。お前の反応が新鮮で、退屈する暇もない」

「物知らずで、子供みたいでしょう」

店で恐る恐る金貨を出した時、ヴィハーンもそれに店の主も、微笑ましそうな顔をしていた。

思い出して恥ずかしくなる。そんなことない、という否定を期待していたのに、ヴィハーンはあっさり「ああ。幼い子供みたいだった」と肯定した。

「そこは、嘘でも否定してください」

シャウーリャが言うと、ヴィハーンは口を開けて笑う。そういうやり取りも楽しかった。

屋敷に戻り、自室で晩餐の前の身支度をしていると、屋敷付きの女中がシャウーリャの髪を梳《す》きながら、誰にともなく言った。

「ヴィハーン様は、しばらく見ない間に落ち着かれましたねえ」

ガウリカと同年代の、恰幅《かっぷく》の良い女性だった。ヴィハーンが子供の頃からこの屋敷で働いているそうで、この夏の間はシャウーリャに付いて身の回りの世話をしてくれることになっている。

よく気が利くし仕事にも無駄がない。優秀だが、いささかおしゃべりだった。

「女性と見れば誰彼構わず口説いてましたからね。私の母親にまで、『お前があと十年若ければ妃にしたのに』なんて言ったんですから」

たまたま様子を見に来たダシャが苦笑していた。その時のヴィハーンの表情まで目に浮かぶようだった。

「でももう、若い女性がいても、目配せの一つもしないんですから。やはりお妃様を迎えられると、腰が落ち着くものなのでしょうね」

女中はしきりと感心している。シャウーリャは、そんなことはないと否定しようとして、そういえばこのところ、確かにヴィハーンが女性を口説いているところを見ないなと思った。

いつからかはっきりしないが、本陣村に滞在していた頃からだ。それ以前は、相変わらず呼吸をするように、女と見れば甘い言葉を口にしていた。

その女たらしが、この旅から鳴りを潜めている。側室は取らないと言い、昨日など「女は口説かない」と言っていた。口先だけでなく、本当にその通りにしていたのだ。

それはなぜか。考えようとして、シャウーリャは自身を押しとどめた。どうしても、自分に都合のいいように考えてしまいそうになる。

冷静に、客観的に考えられない。もしかしたらヴィハーンもシャウーリャと同じ気持ちなのでは……と、甘い展開を考えてしまう。

期待に胸を膨らませて、もしも自分の気持ちを打ち明けたとして、シャウーリャの勝手な思い過ごしだったりしたら、目も当てられない。

恋をして、想いを自覚し、それから先をどうすればいいのか、シャウーリャはわからなかった。

これまでたくさん本を読んできて、様々な恋物語にも触れてきた。たいていは男と女の恋物語で、恋が成就した後、彼らの行きつく先は結婚だ。結婚したいがために、艱難辛苦《かんなんしんく》を乗り越えたりする。

しかし、シャウーリャはすでに、ヴィハーンの妻だった。

そしてヴィハーンは、シャウーリャをこの上もなく大切に扱ってくれている。これ以上、彼に対して何かを欲するのは贅沢な願いのような気がした。

だからこのままでいい。形は違うけれど、自分たちはお互いに想い合っている。

(私もいつか、ヴィハーン様を支えられるようになりたいな)

今はヴィハーンに与えられ、支えてもらってばかりだけど、これからもっと経験を積んで、大好きな人を支えられるようになりたい。

自由に、好きなように生きろとヴィハーンは言った。彼はもっと、具体的な進路を想定していたのかもしれないが、これだって立派な進路だ。

あなたを支えられる人間になりたい。そうヴィハーンに言ったら、呆れるだろうか。

シャウーリャはひっそり、胸の内でそんなことを考えていた。

翌朝、朝食を終えて自室で手記を綴っていたシャウーリャは、庭から異音が聞こえるのに気がついた。

シュシュ、タァンッ！　と、何かが弾ける音がする。何だろうと自室の窓から庭を覗いたが、音の主は見えなかった。

その後、ヴィハーンが叫ぶように何か言う声がして、ボッボッボッ、と聞いたこともない異音が響いた。

今日はどこかに遠出をする予定らしい。

どこに行くのか、何を見るのかは知らない。ヴィハーンはにやにやして「秘密」と言うばかりで、教えてくれないのだ。

朝食の後は動きやすいズボンに着替え、長い髪を一本の三つ編みにして、出かける支度を整えていた。

出発の時間になって、ヴィハーンがシャウーリャの部屋まで迎えに来た。

「今日は特別な馬車で出かけよう」

遊びに行く前の子供みたいに張り切っている。どうやら見せたいものというのは、特別な馬車のことらしい。

こちらもすっかり支度ができていたので、ヴィハーンに手を引かれて玄関へ向かった。

ヴィハーンは早くシャウーリャに馬車を見せたいらしく、つい早足になってしまうのを抑えているようだった。

玄関が近づくにつれ、先ほどのボッボッという音が大きくなっていった。こんな音がしては、馬が怯えてしまうだろう。

そう思っていたから、玄関扉が開いて目の前に停められた馬車を見た時、シャウーリャはその場に立ち尽くした。

「何ですか、これ」

ボッボッ、と音を立てているのは馬車そのものだった。といっても、馬は一頭も繋がれておらず、車体のみである。

「さすがにお前でも知らなかったか。これは蒸気を動力に走る馬なし馬車だ。蒸気自動車ともいっていたな」

ヴィハーンはいたずらが成功した時のように、ニヤッと笑った。

「西方で作られたものだ。もとは大砲や軍備を運ぶために考案されたのが発端だそうだが、最近は馬車代わりに使われ始めている」

「すごい！」

シャウーリャは思わず、ぴょんと跳ね上がった。そんなことをしたのは子供の時以来だが、本当にびっくりしたのだ。

「すごい、すごい！　蒸気で動くですって？　どうなってるんです」

「石炭で高圧蒸気を発生させるそうだが、詳しい構造については今度、技術者に説明させよう」

「馬車ってことは、乗れるんですか」

「もちろん」

前のめりになって尋ねると、ヴィハーンはおかしそうに笑った。

二人で蒸気自動車に乗り込む。座席は前後に分かれており、使用人が前の座席に座って取っ手のようなものを操作していた。

ダシャをはじめ、侍従たちは普通の馬車に乗り込み、護衛は騎馬で自動車に付き従った。

自動車は、絶えず音がする以外は快適だった。物騒な音で最初は少し怖かった。

「これ、爆発したりしないんですか」

「昔はそういう事故が多かったようだな」

言われて、いっそう怖くなる。ヴィハーンは笑ってシャウーリャの手を握った。

「今はずいぶん改良されて事故も減っている。それに今朝、整備工にきっちり整備させたから大丈夫だ」

そう言われて、不安は和らいだ。

自動車は街から少し離れた場所にある、山の麓《ふもと》の湖に向かうと言った。

景色が美しく、この季節は国内外の富裕層が観光に訪れるという。そこで景色を見ながら食事をして、午後は湖の近くにある施設を見せてくれるそうだ。

「蒸気自動車の研究所と実験施設だ。今乗っているのは輸入品だが、いずれ我が国でも生産できないかと考えている」

道すがら、ヴィハーンが教えてくれた。

「西方ではずいぶん前から、蒸気動力の研究がされていたんだ。近年は実用化もされ始めている。我々は技術面で大きく遅れを取っている」

かつては蛮族と称され、文化の発展していない地域と考えられてきた西方諸国が、今や最先端の技術を次々に発明している。

話は聞いていたけれど、それほど大きな差があるとは思っていなかった。

「向こうの国々からすれば、今は我々、石の民のほうが蛮族だ。むろん、様々な職人の技巧はあるが、革新的な技術という点ではこれといったものがない。西方の商人たちだって、俺に金があるからこびへつらっているが、石の民という民族そのものを一段下に見ているのさ。俺はそれが悔しい」

彼らに負けたくない。そんな意地と矜持が、男臭く美しい横顔から窺えた。

「まずは自動車を自国で生産したい。輸送技術を発展させることは、軍事的にも経済的にも重要だからな」

紅玉国は、四王国の中でも先進的な国だ。しかしヴィハーンは、その紅玉国の誰よりも先を見据えている。

すごい人だと思った。この人のかたわらにいられるのが誇らしい。

(いつか支えたいなんて、おこがましい考えだった)

でも何か、何でもいいから彼の力になりたいという気持ちは変わらない。

その決意を口にしようかどうしようか、迷っているうちに、自動車は目的地に到着した。

観光客が集まるという話の通り、湖のほとりは優雅な美しさだった。本陣村で舟遊びをした、大きな湖よりもさらに大きい。

湖の背後には高い山がそびえ、湖の周りは緑の木々に囲まれている。湖のほとりにぽつぽつ見える建物は、王侯貴族や富裕層などの別荘らしい。

水辺の開けた場所では、人々が思い思いに水遊びをしたり、草むらに布を広げて寝そべったりしていた。

また、あちこちに湖面に張り出して板床が敷かれている。テーブルと椅子が置かれて、料理やお茶を楽しむ人の姿が見られた。板床を敷いた湖岸の近くには飲食店や土産物屋が建ち並び、よく繁盛しているようだ。

シャウーリャたちは自動車をいったん降り、そこから徒歩でもう少し奥まったところにある板床へ移動しようとした。

一般に開放された板床ではなく、ヴィハーン専用の板床があるのだそうだ。

「近くに美味い魚料理の店がある。昼はそこから料理を運ばせようと思う」

美しい景色を見ながら、出来たての美味しい食事を食べるというのだ。楽しみにしながら、ヴィハーンの後に続いた時だった。

「殿下。ヴィハーン様！」

離れた場所から、女の声がした。

ヴィハーンがぎょっとそちらを振り返る。シャウーリャも振り返ると、少し離れた板床のテーブルから、目の覚めるような美女が立ち上がるところだった。テーブルには同じ年恰好の男女が数人いて、彼らもヴィハーンを見て立ち上がり、目礼した。

美女だけが、満面の笑みを浮かべてこちらに近づいてくる。

「……ダミニ」

ヴィハーンが、幽霊でも見るような強張った声で呟いた。

「何て嬉しい偶然でしょう。殿下にお会いできるなんて」

ダミニははしゃいだ声を上げて近づいてくる。ヴィハーンのすぐ間近まで来ようとするのを、護衛兵が遮った。

しかし彼女は気分を害したふうもなく、「あら、あなたもお久しぶりね」と、護衛兵ににこやかに話しかけていた。

ダミニはなるほど、ヴィハーンの寵を得ていたのもうなずける、華やかで肉感的な美女だった。目鼻立ちがはっきりしていて、意思が強そうだ。今時の女性のように、豊かな長い髪を結わずに肩に流していた。

身体つきも、出るところは出て、腰がきゅっと窄《すぼ》んでいる。腰から胸のすぐ下まである太い帯を巻き、豊満な胸がいっそう強調されていた。

男なら誰もが注目せずにはいられない、そんな派手な美しさだ。

「偶然、か」

ヴィハーンが、唇の端を歪《ゆが》めて皮肉っぽくつぶやく。しかしダミニは、にっこり笑って「ええ」とうなずいた。

「ここには殿下に毎年のように連れてきていただいて、気に入っておりましたの。今年はお友達と一緒に。去年は二人きりでしたけどね」

「ダミニ」

ヴィハーンは、冷ややかな声で彼女のおしゃべりを制した。そばにいたシャウーリャでさえ、身のすくむような冷たさだったが、ダミニは「あら、いけない」と舌を出しただけだった。

「でも殿下だってひどいじゃありませんか。男のお妃様を娶ったと仰ったから、私も泣く泣く別れましたのよ。なのに別の女性を連れてらっしゃるんですもの。嫌味の一つも言いたくなるわ」

ダミニは言って、ちらりとシャウーリヤを見た。ヴィハーンは彼女を睥睨《へいげい》しながら、ぶっきらぼうに口を開く。

「彼はシャウーリヤ、私の妃だ」

「まあ、男の方でしたの！　女性のようにお美しいから、私ったらてっきり……。大変失礼いたしました、妃殿下。サリーム将軍の娘、ダミニと申します」

ダミニはうやうやしく膝を折り、家臣の礼を取った。シャウーリヤは戸惑いながらも、礼に応えて挨拶をするしかなかった。

「もういいだろう。シャウーリヤ、行こう」

ヴィハーンがシャウーリヤの肩を抱いて踵《きびす》を返す。ダミニもそれ以上は食い下がることなく、にっこりと微笑んで礼をした。

「シャウーリヤ、すまない」

ダミニからじゅうぶん遠ざかったところで、ヴィハーンは言った。まだシャウーリヤの肩を抱いたままだ。

「お前に不愉快な思いをさせてしまった」

ひどく申し訳なさそうな顔をするので、シャウーリヤはいいえとかぶりを振る。

「ヴィハーン様のせいではないでしょう。あちらも偶然と言っていましたし」

「いや、別れたとはいえ、俺の女遊びが原因だ。すまない。それに偶然ではないと思う」

ヴィハーンは毎年、同じ時期に領地を訪れる。この湖に来るのも毎年恒例なのだそうだ。

「たぶんお前の顔を見に来たんだろうな。お前の顔はまだ、限られた身内しか見ていないから、気になってわざわざ来たのかもしれない。それで俺たちが想像以上に楽しそうに仲睦まじくしていたのを見て、嫌味を言いに来たってところかな」

「気の強い女性なのですね」

別れた男、しかも王族を相手にあそこまで堂々と嫌味を言いに来るなんて、かなりの強心臓だ。

シャウーリャの感想に、ヴィハーンはもう一度、気まずそうに謝ってから、今度は護衛兵に向けて警備を強めるよう命じた。

「それほど警戒が必要なのですか。あそこにいたのはみんな、貴族の子女たちでしょう」

「念のためだ。別れた女がわざわざ姿を現す時は、たいがいろくなことがないからな」

修羅場は初めてではない口ぶりだったので、シャウーリャは白い目でヴィハーンを見てしまった。

「う……そんな目をするな。すまなかった。もうこんなことはないようにする」

弱りきった顔でヴィハーンが謝ると、かたわらにいたダシャが主人をかばうように声を上げた。

「しかし、ダミニ嬢がここまで来るとは思いませんでした。ヴィハーン様はきっちりお別れされた後、さらにサリーム将軍も交えて関係を解消なさったんですよね。かなりの手切れ金も渡されましたし」

いささか説明臭いが、もとよりシャウーリャに責める権利はない。それにヴィハーンの態度がはっきりしていたから、ダミニに会っても想像していたほどつらくはなかった。

気を取り直し、一行は専用の板床に向かった。他の板床と違い、周りを柵で囲ってあって外からの出入りが制限されているので、落ち着いて食事をすることができた。

のんびりと昼の時間を過ごし、いよいよ自動車の試験場へ向かう。専用の板床から自動車のある場所まで行くと、ダミニたちの姿はなかった。

「彼女たちがどこに滞在しているか、調べておいてくれ」

試験場へ向かう前、ヴィハーンは護衛長にそう命じた。これも念のため、ということらしい。

先ほどのダミニの様子は嫌味っぽくて芝居がかっていたが、むしろあっけらかんとしていた。

それほど警戒をすることとなのだろうか。恋をしたのはヴィハーンが初めてで、もちろん過去に恋人がいないシャウーリャにとっては、ヴィハーンの対応が適切なのかどうかわからない。

いささか考えすぎでは、と思わないでもないが、用心するに越したことはないのだろう。

湖畔を離れるまで、そんなふうにつらつら考えていたシャウーリャだったが、再び自動車に乗って試験場に赴くと、もうダミニのことはすっかり頭から消えてしまった。

試験場は想像以上に大規模だったし、最先端の技術を研究するこの施設は、もはや、シャウーリャの想像が追いつかなくなっていた。

鋼鉄製の車体を生産する機械を目にした時には、神の御業《みわざ》に触れたかのように心が震えた。

こんな技術を実際に目にしたら、神の存在に疑問を持つのも無理からぬことだろう。

「国内生産の研究と並行して、西方からの自動車輸入が決まってる。まずはこの領内で駅馬車の代わりに、輸入自動車を走らせる。馬車業者との兼ね合いもあって、実際には簡単にはいかないだろうが、西方ではすでに導入されているからな」

領内の実用にこぎつけられれば、いずれは王都でも実用化したいという。

「すでに、他の商人たちも自動車に目を付けて輸入はしてるんだ。紅玉国内での需要が増えれば、輸入が拡大するだろう。そうしたらいずれ、自動車が普通に街を走るようになるかもな」

馬車は生活に必要なものだし、自動車がそれにとって代わるなら、大きな需要になる。輸入品に頼るだけでなく、国内生産ができれば大きな商売になるだろう。

「ヴィハーン様はすごいですね。我々の数歩先を見据えておられる」

心底感心して言うと、ヴィハーンは照れて「いや……」と、口ごもった。

「俺一人で考えたわけじゃない。俺はお前と同じ、新しいもの好きなんだ。いいなと思ったものを持ってきて、商売にできないか参謀に考えさせる」

それでもこの年齢で多岐にわたる事業を起こし、相続した以上の莫大な利益を、己の才覚で得ているのだ。

最初は母方の祖父による助力が大きかっただろうし、王子という特権もあってこそのものだが、この国の王族がみんな、彼のように事業に成功しているわけではない。

「それでもすごいことです。優秀な人材が集まるというのなら、それもヴィハーン様のご才覚なのでしょう」

「今日はやけに持ち上げるな。何も出ないぞ」

ヴィハーンこそ、今まで自信に満ちていたのに、シャウーリャが褒めるとしきりに照れている。

嬉しくはあるようで、口の端がにまにま緩んでいた。それを見て、シャウーリャの顔も緩んでしまう。

施設はとても興味深くあったから、予定していたよりもずいぶん長居してしまった。日が傾きかけていて、一行は急いで湖畔へ戻った。

そこで少し休憩し、その後は休憩なしに一気に本邸へ戻ることになる。夕食の時間をだいぶ過ぎてしまいそうだった。

専用の板床まで歩くと時間がかかるので、休憩は湖畔の岸辺に布を敷き、近くの店から飲み物と軽食を持ってこさせることになった。

夕方とあって、岸辺の人影もずいぶんまばらになっている。

それでも湖の周りには、いくつか富裕層向けの宿泊施設があるそうで、まだのんびりと板床で過ごす人の姿も見られた。

お茶と軽食を用意させる間、水辺の柔らかな草の上でヴィハーンと二人、敷物に並んで座る。背後は緑豊かな森になっていて、湖をぐるりと一周できる細い道がある。

時間があれば、日中に小道を散歩することもできたが、日が沈みかけた今は薄暗かった。

「ここに一泊することも考えたんだが。……まあ、しなくて正解だったかもな」

ダミニを思い出しているのだろう、ヴィハーンが軽く顔をしかめる。偶然でなく待ち伏せしていたのなら、この湖畔のどこかに宿を取っていてもおかしくない。宿もそう多くはないから、鉢合わせしていたかもしれないのだ。

「次に来た時、時間があれば一泊したいですね」

シャウーリヤが提案すると、ヴィハーンは気を取り直したように微笑んだ。

「そうだな」

シャウーリヤの手に、こつんとヴィハーンの指先が当たる。その指がそっと絡められた。はっとしてヴィハーンを見る。ヴィハーンもシャウーリヤを見ていた。

互いに見つめ合って、目が離せない。ヴィハーンが何か、口を開きかけた時だった。

「ヴィハーン様。ヴィハーン様のお好きな肉を挟んだパン、今年も屋台が出てましたよ」

ダシャがほくほくしながら、使用人たちと戻ってきた。

ヴィハーンがちっ、と小さく舌打ちする。

「間が悪い」

ぼそりと低い声でつぶやく。ダシャは「何ですか、せっかく買ってきたのに。お嫌でした?」と、悲しそうな顔をしていた。

「別に。さっさとよこせ。今年もこれを食べるのを、楽しみにしてたんだ。気が利くな」

「もう……機嫌がいいのか悪いのか、どっちなんですか」

「両方だ」

ヴィハーンはダシャと軽口を叩き合っている。そんなやり取りに笑いながらシャウーリャは、先ほどのヴィハーンの真剣な表情と指の感触を思い出し、一人でドキドキしていた。


ダシャが買ってきた軽食は、薄く焼いたパンに、甘辛く煮た羊肉と野菜をたっぷり挟んだものだった。

肉挟みのパンは、紅玉国ではわりとよくある屋台の食事らしいが、ヴィハーンのお気に入りだというこれは、地元の老夫婦が夏の間だけ出店する屋台のものだという。

「パンも肉の味付けも絶品なんだ。ここのを食べたら、他の屋台では食べられなくなる」

他にも軽食はあったが、ヴィハーンが絶賛するので、シャウーリャも一つもらって食べた。タレの絡んだ肉が詰まっていて、両手で持ってもずっしり重い。

だが、甘辛い肉は確かに美味しかった。濃い肉の味付けに、シャキシャキした野菜と香ばしいパンがよく合う。癖になる味だった。

「すごく美味しいですね」

パンに思い切ってかぶりついていたシャウーリャは、顔を上げて感想を告げる。するとヴィハーンがぶはっと笑った。

「何ですか」

「口の周りがタレだらけだ。あと、パンからタレが染みてくるから、気をつけたほうがいい」

肉汁とタレで、水分が多いのだ。ヴィハーンが指で示したので、パンの尻を見ると、なるほどタレがじんわりとパンに染みてきている。

「後で、手と顔を洗おうな」

ヴィハーンが笑いながら、小さな子供を諭《さと》すように言うので、シャウーリャはじろっと相手を睨んだ。早く口を拭いたいが、両手がパンで塞《ふさ》がっている。食べきるまで無理そうだ。

慣れているのか、ヴィハーンは大して手を汚すこともタレをこぼすこともなく、綺麗にパンを食べきった。シャウーリャは口が小さいのもあって、ちまちましか食べられない。次第にこぼれてくるタレと肉汁に格闘し続けた。

服と敷物にこぼさないように気をつけたけれど、食べ終えた時には口も手もベタベタだった。

「シャウーリャ。拭いてやるからこっちを向け」

一足早く食べ終え、目の前の湖水で手を洗ったヴィハーンは手巾《ハンカチ》を濡らして持ってきてくれたのだが、シャウーリャは恥ずかしくて、「いいです」とそっぽを向いて立ち上がった。

「今、顔を見せられません。自分で洗います」

自分でも、口の周りがすごいことになっているのがわかる。顔をうつむけたまま、ダダダッと勢いよく走ってヴィハーンから離れた。

「おい、急ぐと転ぶぞ」

後ろから、からかうような声が聞こえた。

「見えないところまで行くな。あと、あまり水の深いところまで行くなよ」

さらにシャウーリャを気に掛ける声が続く。

「子供じゃないんだから」

シャウーリャは振り返らないまま、ブツブツつぶやく。でもくすぐったい気分だった。

ヴィハーンたちのいる場所からだいぶ小走りに遠ざかると、サンダルを脱いで岸辺に置いた。

浅みに入って、顔と手をよく洗う。ちらっと元いた場所を見ると、使用人がヴィハーンに食後のお茶を運んでいるところだった。あまりゆっくりしていると、日が暮れてしまう。

水から上がってサンダルを履いた時、目の前にある森の小道に人影が見えた。観光客かと思い、何気なくそちらを見て、ぎくりとした。

「ダミニ嬢」

一人、ダミニが小道に立ち尽くしていた。周囲を見回したが、少し前に目にした友人たちの姿はない。宿もこの辺りではなく、対岸に並んでいるはずだ。ここから歩いてだいぶある。

下級貴族とはいえ、ある程度の身分の娘が一人で森の中をうろついているのは奇妙に思えた。

そして彼女は先ほどから、シャウーリャのいるほうを向いて、じっとこちらを睨んでいる。

先刻、ヴィハーンの前で見せた明るい笑顔とは打って変わって、暗い表情だった。

「……あの。何か御用ですか」

怖くなって、恐る恐る声をかける。

「こちらに来ていただけません？　友人が怪我をしましたの」

抑揚のない声で、ダミニが言った。少なくとも周りに、友人の姿はない。明らかに様子もおかしい。

でも、もし本当に怪我人がいるのなら大変だ。

「ご友人はどこにおられるのですか。私の手では足りないかもしれない。今、人を呼びます」

シャウーリャが言うと、途端にダミニは目をむいて、怒りの形相に変わった。

「何よ、男のくせに」

小道にいたダミニは、少しずつこちらに近づいてきていた。逃げると追いかけてきそうな不気味さがあり、視線すら離せない。

自慢ではないが、力には自信がない。ダミニは女性のわりに長身で体格もよく、腕力勝負で勝てるとは思えなかった。

「男のくせに。女の恰好をして女扱いされて、いい気なものね」

「……王族に対し、その物言いは不敬ではないか」

威張りたいわけではないが、王族としての矜持は守らなければならない。内心では目を吊り上げたダミニの形相が鬼女みたいで怖かったが、精いっぱいの虚勢を張ってすごんだ。

「私だって王族よ」

あまりにもきっぱりと、自信ありげに言うので、そんな事実があったのかと驚いてしまった。

「私がヴィハーン様の妃になるはずだったの。男を妻にするなんていう、馬鹿げた風習さえなければ」

言葉が終わるや否や、ダミニが動いた。こちらに駆け寄ってくる。逃げ遅れたシャウーリャは、目の前で彼女の右手が勢いよく振り回されるのを見て、咄嗟に身を引いた。

相手は素手で殴ろうとしたのだと思っていた。だが違った。右手に短刀のようなものが見えて、青ざめる。

「シャウーリャ！」

ヴィハーンの声が聞こえ、同時にダミニの右手が再び振り下ろされた。シャウーリャは夢中で逃げる。

「この！」

女の声が追いかけてきて、耳ぎわの髪に何かが掠める気配がした。それでも必死で逃げる。

「シャウーリャ！」

目の前に突然、ヴィハーンの姿が現れたかと思うと、強く抱きしめられていた。

シャウーリャの身体はヴィハーンの腕の中にすっぽり覆われ、逞しい胸に顔がうずまって、視界が遮られた。

ヴィハーンが低く呻き、そのまま草むらに押し倒されるように抱え込まれる。

護衛兵たちの声と、ダミニが奇声交じりに「離してよ！」と叫ぶのが聞こえたが、何がどうなっているのか、見ることができなかった。

「シャウーリャ！」

すべては一瞬の出来事だったらしい。

息もつけないくらい強い抱擁が解かれ、ヴィハーンが悲愴《ひそう》な表情でこちらを覗き込んでいた。

「怪我は」

言われて、自分の身体を確認する。どこも怪我していない。

しかしヴィハーンは、さらに念入りにシャウーリャの身体中を確認した。シャウーリャの背を覗いた時、「ああ」と、痛ましそうな声を上げる。

「髪が切られている」

シャウーリャの左の耳元を見て、致命傷を受けたような顔をした。耳の辺りに手をやると確かに、耳際に垂れていた後れ毛が一房ほど切られていた。さっき何かが掠めた気がしたが、刃物が触れたのだろう。

「シャウーリャ、悪かった。助けるのが遅れて、すまない」

「これくらい、何でもありません」

苦しそうな顔をするので、シャウーリャは大丈夫だと微笑んだ。

ダミニはすでに、護衛兵に拘束されているところだった。護衛長がヴィハーンを仰ぎ、それから顔色を変える。

「ヴィハーン様、お背中が……！」

ダシャも血相を変えて駆け寄ってくる。ヴィハーンの背中を見るや、使用人に指示をしていた。

「応急箱を。自動車もこちらに持ってくるように。すぐに殿下をお運びする」

危ないところだったが、ヴィハーンが助けてくれた。

その場の全員が一斉に動きを変える。シャウーリャはヴィハーンの腕から這い出た。

「心配ない。ちょっと刃先がかすっただけだ」

ヴィハーンがシャウーリャの動きを制するように言ったが、確認せずにはいられなかった。

ヴィハーンの右の肩甲骨《けんこうこつ》の辺りから背中の中頃にかけて、服がすっぱりと切り裂かれていた。

そして服と同じように背部も斜めに切られ、血が流れている。命に別状はなさそうだが、「かすっただけ」とは言えない怪我だった。

シャウーリャをかばったせいだ。

「ヴィハーン様、申し訳……」

蒼白になり、謝罪の言葉を紡ぎかけた唇に、ヴィハーンの人差し指がそっと押し当てられた。

「謝るのは俺だ。お前を守れなくてすまない」

穏やかに微笑んでいるが、額には脂汗《あぶらあせ》が浮いていた。傷が痛むに違いない。

「いえ……いいえ、守ってくださいました。髪が一房切れただけです」

「惚れた奴には、髪一筋、傷ついてほしくない」

シャウーリャが驚いて目を見開くと、ヴィハーンはふっと笑みを深くした。

「愛してる。お前が好きだ、シャウーリャ。お前を守るためなら、命を投げ出しても構わない」

言葉にならなかった。ダミニに襲われた時以上に、頭が混乱していた。口をぱくぱくさせるシャウーリャに、ヴィハーンは苦笑する。傷に響いたのか、顔をしかめた。

「もっとかっこよく告白したかったんだが……女に切られたんじゃ、しまらないな」

「痛むのならしゃべらないでください」

シャウーリャが思わず言うと、ヴィハーンは「うん」とうなずいた。

「でも好きだ、シャウーリャ」

身を乗り出し、ちゅっと音を立てて軽くシャウーリャの唇に口づける。

真っ赤になるシャウーリャにヴィハーンは笑い、それからまた痛みに顔をしかめた。


一連の騒動は人気《ひとけ》のない場所で起こり、かつ速やかに収束したが、さらにヴィハーンが搬送前に「なるべく人目を避けるように」と指示をしたので、周囲の人々の目に触れることはほとんどなかったようだ。

ヴィハーンは応急処置を受けた後、直ちに本邸に搬送され、専属の医師によって手当てを受けた。

ダミニの持っていた凶器は、昔の身分ある女性が護身用に持つような短刀だった。今時は護身というより装身具の意味合いが大きい、あまり殺傷力のないものだ。

ただ切れ味は悪くなかったようで、ヴィハーンは傷を縫合しなければならなかった。

ダミニは取りあえず街の警察に引き渡され、留置施設に留め置かれている。同時に彼女の父親に連絡を差し向けたので、一日ほどで迎えが来るだろうということだ。

彼女の処遇はヴィハーンの裁断にかかっている。

その日は必要な傷の処置を終えた後、ヴィハーンは鎮痛剤を飲んですぐに眠った。シャウーリャも見舞ったが、あまり話をする時間はなかった。

翌朝、様子を見に行くと、ヴィハーンは昨日見た時と同じ、寝台の上でうつぶせになっていた。「しばらく仰向けで眠れないらしい」

あまり身動きが取れなくて窮屈そうにしている。背中を縫ったのだから当然だ。寝間着で患部は見えないが、昨日は縫った後に包帯でぐるぐる巻きに固定されていた。今朝飲んだ鎮静剤が効いてきた、というのがまだしもの救いだった。

水が欲しいと言うので、シャウーリャは近くにあった水差しの水を手ずから飲ませた。

「手水はまだ大丈夫ですか。抱いて運ぶのは無理ですが、肩を貸します」

当分はヴィハーンのそばにいて、介添えをするつもりだった。活動的な彼が身動きできずにいるのが、気の毒でたまらなかったし、愛する人が怪我を負ったという事実に、シャウーリャはいまだ少なくない動揺を覚えていた。それも自分をかばって負った傷だ。

「何でも言ってください」

言い募ると、ヴィハーンはぐっと息を詰め、気まずそうにした。

「ありがとう。いや、手水は大丈夫だ。というか、自分で行ける。安静が必要だが、短い距離なら歩いても問題ないんだ。水も本当は自分で飲める」

シャウーリャは、その説明をちょっと疑った。じっとしていたくないから、そう言っているのではないか。

ヴィハーンはこちらの視線に気づき、こちらが何も言わないうちから「本当だぞ」と、言った。

言葉を証明するように、うつぶせの体勢から起き上がった。軽く顔をしかめるので、シャウーリャは慌てる。

「大丈夫。ちょっと傷が引きつれた感じがするだけだ。ほら、平気だろ」

枕を背に挟んで、寝台の上に座った。

「お前に水を飲ませてもらいたかったから、ちょっと大げさにしてただけだ」

「無理をしてませんか」

「してない。本当だ。だからそんな顔をしないでくれ」

ヴィハーンは痛ましげに言うが、自分がどんな顔をしているのかわからない。ただ、ヴィハーンが心配なのだ。

「どうか、無理をしないと約束してください。あなたが傷を負った時、死んでしまったらどうしようと怖くてたまらなかった。命に関わる傷ではないと言われても、不安でたまらないのです」

感情のまま言い募ってから、シャウーリャはそんな自分を恥じて目を伏せた。

「申し訳ありません。ヴィハーン様は私のせいで傷を負われたのに」

「お前のせいじゃない」

言葉をかぶせるように、ヴィハーンは急いた声音で言った。

「犯人はダミニだし、もとはといえば俺の女癖のせいだ。お前は何一つ悪くない。怖い思いをさせてすまなかった」

寝台から、ヴィハーンが手を伸ばす。シャウーリャは彼のすぐ隣まで近づいて、その手を握った。

「お前に怪我がなくてよかった。お前の肌に一筋でも傷がついていたら……考えるだけで恐ろしい。それに、お前の美しい髪が切られてしまった」

「これくらい、どうってことありませんよ」

シャウーリャはなだめるように微笑んだ。ほんの一房切られただけだ。鋏で少し整えればいい。

ヴィハーンはしかし、それでも痛ましそうな顔をして、シウーリャの短くなった後れ毛に触れた。

「あの時、最初はお前が森を向いて何をしているのか、わからなかったんだ」

湖で顔と手を洗っていたシャウーリャが、次に見た時は森を向いていた。森の中にいるダミニの姿は、ヴィハーンや衛兵たちからは見えなかったのだ。

しかしダミニが森から姿を現した時、何が起こっているのか理解した。ヴィハーンにふられた恨みが、シャウーリャに向かっている。

「彼女が何か手にしているのを見て、全身が総毛立った」

夢中で走った。護衛も同時に気づいて制圧に向かったようだが、そんな周りを見る余裕さえなかった。

「お前を守らなくてはと思った。家族だからとか、そんな建前は忘れていた。お前を失うかもしれないと思って、ただ恐ろしかった」

反応を窺うように、じっとこちらを見つめる。シャウーリャの心臓がどきんと跳ねた。

「話をしよう。いや、俺の話を聞いてくれるか」

シャウーリャがうなずくと、ここに座って、というように、自分の隣をポンポンと叩いた。近くに椅子もないので、おずおずとそこに座る。

ヴィハーンは再びシャウーリャの手を取った。

「昨日、俺が言った言葉を覚えているか」

好きだと言われた。愛しているとも。それを口にする勇気がなくて、ただうなずく。

するとヴィハーンは、握っていたシャウーリャの手の甲に口づけて言った。

「もう一度言う。お前を愛している、シャウーリャ。兄弟分なんかじゃ我慢できない。夫婦として、恋人としてお前と愛し合いたい」

昨日、告げられた時にも、彼の言葉の意味を考えた。告白は本当なのだろうかと。

「お前が戸惑うのも無理はない。男のお前を妻とは考えられない、性愛の対象にはできないというのは、この俺が言ったことだものな」

シャウーリャはやはり、黙ってうなずく。その通りなのだ。ヴィハーンの中でいったい、何があったのかわからない。

そんなふうにシャウーリャが考えるのも理解しているようで、「俺が話したいのは、そのことだ」と告げた。

「自分の気持ちに気づいてから、どうやってお前に伝えようか考えていた。お前が同じ気持ちを抱いているとは限らない。それでも口説いて振り向かせるつもりだったが。どのみち、すぐには口にできないと思っていた。いきなりお前を好きになったと言ったって、戸惑わせるだけだし信じてもらえないかもしれない」

だから当分は、想いを口にするつもりはなかったのだと、ヴィハーンは言う。

彼の口調は最初に出会った時のように早口になっていて、でもそれだけ真剣に言葉を紡いでいるのがわかった。

「知っていると思うが、お前を迎える前は『白き花嫁』の因習がわずらわしかった。男の妻なんて正直、嫌でたまらなかったんだ。迎える以上は大切にするつもりではあったが。男が女の恰好をしているのも、異形に思えてならなかった」

女好きの彼が男の花嫁を忌避していたのは、幾度となく伝えられたことだ。動揺を抑えてうなずくと、ヴィハーンは労《いたわ》るように握っている手をもう一方の手で撫でた。

「婚礼の儀でお前のベールを取った時、俺の中の世界が変わった。お前はこちらが想像していた姿とはまるで違っていた。美しかったんだ。男だということも忘れて、理性を奪われるほど。形だけの床入りだと言ったくせに、お前を手籠《てご》めにするところだった」

あの時、寝台に押し倒されたのは、儀式の一環ではなかったらしい。シャウーリャは今になってようやく気がついた。

「自分でも混乱した。いくら美形といったって、男相手におかしな気を起こすはずがないと、これまではそう思っていたからな。お前が女の恰好をして、それが並みの女より似合っていて美しいから、ただ惑わされただけだと結論づけた。今思うと強引だけどな。それきり、初夜の件は忘れることにした」

その後、シャウーリャを女として扱うべきか、男として見るべきか迷ったというのは、以前にヴィハーン自身も言っていた通りだ。

「お前が真面目で頑張り屋だというのは、すぐにわかった。慣れない土地でぶっ倒れても、正妃として義務をまっとうしようとする。そういう姿を見て、建前だけでなく大事にしてやりたいと思ったんだ」

容姿だけではなく、シャウーリャの内面を見てくれて、正当に評価をしてくれる。改めて彼の口から聞かされて嬉しかった。

そんなヴィハーンだからこそ、シャウーリャも好きになったのだ。

「大切にしたいし、お前が幸せになれるように何でもしてやりたい。お前の人柄を知っていくうちに、自然にそういう気持ちになった。他人をこんなに大切に思ったことはない。相手が女ならすぐ恋だと気がつくが、お前は男だからな。自分で自分の気持ちがわからなくて、弟分ということにした」

つまり、その時からシャウーリャに恋をしていたと、ヴィハーンはそう言っているのだ。

「ただ困ったことに、お前は女神のように美しい。目を奪われる。そのくせ、子供みたいに素直で涙もろい。おまけにおっちょこちょいで鈍臭いし」

「ヴィハーン様！」

最後は余計だ。手を握りながら睨むと、ヴィハーンは肩を揺らして笑い、それから「いて」と、顔をしかめた。

「可愛かったんだ。気を抜くと見とれるし、笑顔を向けられればムラッとする。そんな馬鹿なと思いながら領地に向かった。一緒に温泉に入って、まごうことなき男の身体を見て、それでもやはり、俺はお前に欲情する」

理性が焼き切れてシャウーリャに手を出してしまい、そうなるともうそれ以上、自分に言い訳をすることができなかった。

「お前が好きだ。たぶん、一目見た時から恋に落ちていた。相手は男だし、今まで本気で誰かを愛したことはないから、気づくのが遅れた。お前に余計なことも言ってしまった。でも気づいたからにはごまかせない。俺はお前が欲しい」

声と視線が次第に熱を孕んでいく。シャウーリャはその熱に気圧されながらも、胸が高鳴ってたまらなかった。

「ゆっくり口説いて物にしようと思ったんだが。昨日、もしかして死ぬかもしれないという思いが過《よぎ》って、気づいたら告白していた。言わずにいて何かあったらと考えて……後悔したくなかったんだ」

結果として、シャウーリャにとってヴィハーンの告白は唐突なものになってしまった。

「もっと計画的に、かっこよく愛を乞《こ》うつもりだったんだが。しかし、言ってしまったものは仕方がない」

開き直った物言いが彼らしい。真剣な告白なのに、シャウーリャは小さく笑ってしまった。ヴィハーンはそれに、おや、というように片眉を引き上げてみせる。

「俺の胸の内を聞いてもまだ、笑ってくれるか」

ヴィハーンは手を離さず、シャウーリャの気持ちを窺うように見つめていた。先ほど、シャウーリャを口説くつもりだと言っていたのを思い出す。

口説く必要などない。シャウーリャの気持ちはすでに、ヴィハーンにある。

でもそのことを、ヴィハーンは知らないのだ。

シャウーリャはヴィハーンを困らせるかもしれない、彼に嫌われたらどうしようと、自分の気持ちに蓋をしていた。でもヴィハーンは前向きに、シャウーリャを振り向かせようと考えていたのだ。

勇気のいることだ。そんな彼を尊敬する。恥ずかしがらず、きちんと答えなくてはと思った。

それにヴィハーンの言う通り、告白しないままもし、二人が離れることがあったら後悔する。

人生は何があるかわからない。イシャンのように、若くして亡くなってしまうこともある。昨日のことだってそうだ。思いもよらないことが起こる。

後悔しない生き方をしたい。ヴィハーンを見習って、これからはもっと勇気を出そう。

シャウーリャは、握られた手を強く握り返した。

「正直、驚いています。信じられない思いといいますか。私の想いはきっと一方的なもので、口にしてもかなわないと思っていましたから」

ヴィハーンの目が、軽く見開かれる。

「私も、気づくまで時間がかかったんです。恋というものをしたことがなかったので。家族だと言われるたびに胸が痛むのが、どうしてかわからなくて。わかった後も、告白する勇気がありませんでした」

「それは当然だ。俺が何度も家族だ、お前は性愛の範疇《はんちゅう》ではないと言ったんだから」

ヴィハーンがごく自然に、両腕を広げた。シャウーリャは物怖《ものお》じしながらも、傷に障らないようにそっと相手の胸に身を寄せる。

「私も、ヴィハーン様と同じ気持ちです。妻として恋人として、お慕いしています」

相手の気持ちがわかっていても、言葉にするのは勇気が言った。

「ありがとう、シャウーリャ。夢のようだ。愛している」

耳元で温かい声音を聞いた時、ホッとして泣きそうになった。

「愛してる。……くそ、背中の傷さえなければな」

うなるようなつぶやきが聞こえて、シャウーリャは笑ってしまう。

ヴィハーンはおもむろに抱擁を解き、優しくシャウーリャの顎を取った。何をされるのかわかって、目をつぶる。

唇が重なって、シャウーリャはじわじわと喜びが湧き上がるのを感じた。

医師の話では、縫い合わせた糸を抜くまで、半月はかかるそうだ。その後も、避暑が終わる頃までは無理に動いてはいけないと言われて、ヴィハーンは愕然《がくぜん》としていた。

「では、王都に戻るまで、運動してはいけないということか」

信じられない、という顔でヴィハーンがつぶやく。診察した医師は目を吊り上げた。

「当たり前でしょう。運動などもってのほかです」

シャウーリャは「運動」が何のことかわかって、ヴィハーンの隣で赤くなった。

昨日、ヴィハーンから告白された。お互いに気持ちを通じ合わせ、ヴィハーンもその日はわりと、大人しくしていたのだ。

しかし三日目の今日ともなると、じっとしているのにすっかり飽きたようだった。

書類仕事をしようかな、と言い出したので、シャウーリャとダシャで止めた。

「安静にしてるぞ」

机の前でじっとしているから、いいだろうと言うのだ。

「最初は机の前に座っているかもしれませんが、あなたのことです。次は散歩に行こうかなと言うでしょう。だめですよ。傷が開いたら、シャウーリャ様だって悲しむんですからね」

付き合いが長いだけあって、ダシャはヴィハーンの性格をしっかり把握している。

ヴィハーンはブツブツ文句を言っていたが、シャウーリャとダシャの二人がかりで止められて、とりあえず諦めたようだ。

しかし午後になって、診察に来た医師には性懲《しょうこ》りもなく、いつになったら動けるのかと聞いていた。

「運動はだめです。書類仕事はあと三日、我慢してください。三日ですよ」

医師に念を押され、ヴィハーンはがっくり肩を落としていた。

目に見えてしゅんとしているのを見て、シャウーリャは気の毒になってしまう。早く良くなりますようにと願いながら、その日も前の日と同じように、ヴィハーンの話し相手になり、食事はヴィハーンの寝室にテーブルを持ち込んで、そちらで一緒に摂った。

夜になって、湯あみをして寝間着に着替えた後、シャウーリャは隣の部屋のヴィハーンに就寝の挨拶をしに行こうとした。

「シャウーリャ様、気をつけてくださいね」

挨拶に行くと言うと、なぜかダシャがそんなことを言った。何に気をつけるのかと尋ねると、「ヴィハーン様にです」ときっぱり言う。

「挨拶をしたら、サッと帰ってきてください。ササッと、直ちに速やかに。ほだされたりしてはだめですよ」

「え、ほ……ほだされるとは、よくわからないが」

ダシャはヴィハーンとの関係を、どこまで把握しているのだろう。うろたえて、ぎこちない受け答えになってしまった。

「大丈夫だと思う。ヴィハーン様は、今日一日大人しくしてらしたし」

「それが怪しいんです。あのガキ大将がしゅんと殊勝にしているのを見て、シャウーリャ様もお可哀そうだな、なんて同情されたでしょう」

なかなか鋭い。

「ゆめゆめ油断なされませんよう」

まるで敵地に赴くようである。ダシャは加えて「運動は厳禁ですよ」と言った。やはり、ぜんぶ気づかれているらしい。

シャウーリャは赤くなりながら、「わかってる」と答えた。ぎくしゃくしながら廊下に出て、隣の部屋へ向かった。

寝室を訪《おとな》うと、ヴィハーンは寝台の上に身を起こして本を読んでいた。

「もう寝るか？」

「はい。ご挨拶に来ました。何を読んでいらっしゃるんですか」

ヴィハーンは背表紙を見せる。異国の旅行記の翻訳版だった。

「この本邸の図書室にあったのを思い出して、持ってこさせたんだ。読むのは初めてだが」

「面白そうですね」

「お前の覚書のほうが面白い」

読んでみるか、と言われたので、ヴィハーンが読んだ後に借りることにした。

「俺の療養に付き合わせてすまないな。これが毎日続くのでは、退屈だろう」

三日も療養が続いて、ヴィハーンこそ退屈なのだろう。いつもの元気がない。気の毒に思い、先ほどのダシャの言葉が頭を過った。

「いいえ、私は少しも。ヴィハーン様のように、じっとしていられない性質ではありませんし」

「なかなか言うようになったな」

でも今のヴィハーンは、本当に元気がなさそうだ。シャウーリャの軽口に笑う表情も、心なしか寂しげに見える。

「シャウーリャ。寝る前にお前を抱きしめさせてくれ」

ポンポン、と自分の隣を叩く。その表情に、下心は微塵も窺えなかった。シャウーリャは告白した時と同じように、ヴィハーンの隣に腰掛ける。ヴィハーンはそんなシャウーリャの肩を優しく抱いた。

ふうっと安堵のようなため息をつく。

しばらく抱き合って、顔を上げると口づけされた。といっても、挨拶程度の軽いものだ。

「口づけするたびに真っ赤になっていたが、少しは慣れたか？」

そんなことを言われると、かえって意識してしまう。何度しても慣れはしない。ヴィハーンの姿を見ただけでどきりとするくらいなのに。

でもそう言うとまたからかわれそうなので、「何度もしましたから」と、つんと澄ましてみせた。

「本当に？　そのわりには、いつも俺からばかりだな」

どこか寂しそうに言う。シャウーリャは一瞬迷ったが、すぐに意を決して、えい、とばかりにヴィハーンの唇に口づけした。

ヴィハーンは嬉しそうに目を細める。それからまた、小さく唇を押し当てる。シャウーリャもそれに返し、何度か口づけを繰り返した。

最初は触れるだけだった唇が、徐々に深くなっていく。

「あの……」

「もう少しだけ」

ヴィハーンは甘えるように、上目遣いにシャウーリャを見つめた。さらりと頬を撫でる。慣れた手管に逆らえず、相手の口づけを受け入れた。

口づけだけでなく、ヴィハーンの手が頬や髪を撫でる感触は、心地よいものだ。それをされるといつも、うっとりしてしまう。

ヴィハーンももう、気づいているのだろう。口づけをしながら、シャウーリャの身体のあちこちをあやすように撫でる。

最初は頬や髪を、それから肩口をさすられた。するりと肩から腕へ、続いて手を握られる。

「お前と、ずっとこうしていたい」

指の股をやわやわと擦られて、こんなところで感じてしまう自分は、おかしいのだろうか。

「……私も、です。……んっ」

何ともないふりをしたが、声が出てしまった。ヴィハーンはそれに気づいていない様子で、さらに指の間をこねる。

「傷が治ったら、寝室を一緒にしてもいいかな。……嫌か？」

「……いいえ、嫌じゃないです。夫婦なのですから……あっ」

絡められていた手が離れ、それはシャウーリャの腰に伸びた。ねっとりとした手つきとは裏腹に、「ありがとう」と言う声はホッとしているようで、もしかしておかしな気分になっているのは、自分一人なのかもしれないと思ってしまう。

「あの……本当に、そろそろっ」

シャウーリャはやんわりと相手の胸を押して、立ち上がった。けれどヴィハーンは答えない。

唇の代わりに、シャウーリャの喉元に口づけた。同時に、寝間着の襟を大きくはだけ、鎖骨へと唇を下ろす。

「えっ」

きちんと着ていたはずなのに、どうして簡単に襟がはだけるのだろう……と、思ったら、いつの間にか帯が解かれていた。

「な……」

油断していた。まさかヴィハーンが、こんな不埒《ふらち》な軽業をやってのけるとは、想像もしていなかった。

「ヴィハーン様っ」

シャウーリャが咎める声を上げた時にはもう、ヴィハーンはシャウーリャの胸元に吸い付いているところだった。

「だめですったら！　それ以上は、お身体に障ります」

こちらが必死で抗議するのに、ヴィハーンは構わず、陥没したシャウーリャの乳首を吸い上げる。舌先でほじられ、じゅん、と下半身が甘く疼いた。

「お前と両想いになったというのに。こんなそそられる柔肌《やわはだ》が近くにあるんだぞ？　傷が治るまで待っていたら、頭がおかしくなってしまう」

「あるんだぞ、じゃありません。もう……もうっ！」

「可愛い乳首だ。お前と同じだな。恥ずかしがりやで、愛してやると顔を出す」

ヴィハーンの言う通り、窄んで隠れていた薄桃色の中心は、愛撫されてぷっくりと勃ち上がっている。じんじんと先っぽが痺れて、触れられてもいない下腹部が重くなった。

「心配してるのに」

「わかってる。ありがとう。もう少しだけ、お前に触れていたいんだ」

殊勝なことを言うわりに、唇はもう一方の乳首に吸い付いている。ちゅくちゅくと吸われて、両方の乳首がぴんと勃った。

「こっちも勃ってるな」

いきなり、シャウーリャの股間をまさぐる。勃起した性器がいつの間にか服を押し上げていて、シャウーリャは恥ずかしさのあまり涙目になった。

「ヴィハーン様は、意地悪です」

睨むと、相手は大きく目を瞠る。息を呑み、それからあっという間もなく力強い腕が腰を摑んで引き寄せた。

「そんな顔をされたら、もう止まらなくなる」

「そんな顔って」

「……可愛い」

呻くように言って、深く口づけられた。何度も角度を変えて唇が塞がれ、時おり悩ましげに名前を呼ばれる。

「だめ……だめです」

これ以上はいけないのに。熱を孕んだ眼差しと愛撫に、いけないとわかっていても流されてしまう。

ヴィハーンはもどかしげにシャウーリャの唇を貪《むさぼ》っていたが、やがてたまらなくなったのか、ひょいとシャウーリャの腰を摑んで寝台に引き上げた。

自分の身体を跨《また》がせるようにして、目の前に座らせる。あっという間の出来事だった。

「傷が」

「これくらい、問題ない」

平然と言う。そうしてシャウーリャの寝間着の前をすっかり開いてしまった。

寝る時は下着を着けないから、すべてが露わになる。シャウーリャの性器が上を向いて蜜を滴らせるのを、ヴィハーンはしばし、食い入るように見つめていた。

「綺麗だな……本当に。こんなところまで美しい」

ため息と共に、そんなことを言う。視線を受けて、シャウーリャのそれは微かに震えた。

「温泉ではよく見えなかったが、本当に生えてないんだな」

「もう、やめてください」

恥ずかしさに、シャウーリャはその場を去ろうと膝を立てた。しかし、寝台から下りるより早く、ヴィハーンはシャウーリャの腰を抱く。

それから自分の顔と同じ高さにあるシャウーリャの性器を、何のためらいもなく口に含んだのだった。

「……や、あぁっ」

熱くぬめった粘膜に性器を咥《くわ》え込まれ、シャウーリャは思わず身体をのけぞらせた。

「ひ……何……ぁっ」

自分の目で見ているものが、信じられなかった。

「ヴィハーン様……あ、あっ……どうか、お許しください」

「嫌か？」

唇を濡らしながら、官能的な視線がこちらを見上げる。吐息が先端にかかって、シャウーリャは背筋をわななかせた。

「あ、あ……っ、ヴィハーン様こそ……こんな、男の物……」

「お前の身体だ。すべてが愛おしい」

そう言ってヴィハーンは、言葉通り愛おしそうにシャウーリャのそれをねぶった。音を立てて吸われ、追い上げられる。

「め……だめ、もう……」

絶頂が近づくのを感じ、シャウーリャは慌てて腰を引こうとした。しかし、ヴィハーンにがっちりと腰を摑まれていて身動きができない。

その間も口淫は激しくなり、ついにシャウーリャはヴィハーンの口の中で果ててしまった。

「あ……ぁ」

快楽に震え、くったりと身体を折るシャウーリャを、ヴィハーンは優しく受け止める。そしてくるりと体勢を入れ替え、シャウーリャを仰向けに寝かせた。

自分の手にシャウーリャの放ったものをこぼし、開かせた足の間に塗り込める。太い指が後ろの窄まりをこじ開けるのに、絶頂にぼんやりしていたシャウーリャは、はたと我に返った。

「あ……」

「抱かせてくれるか。お前と夫婦になりたい。もう一度、初夜をやり直させてくれ」

こちらを見下ろすヴィハーンの瞳は熱を帯びていて、そそり立った性器が寝間着を押し上げていた。

「……はい。私もヴィハーン様と夫婦になりたいです。身も心も」

始まりは形式的な結びつきだったが、今はお互いを想い合っている。シャウーリャの言葉に、ヴィハーンは目を細めた。

「俺は神を信じなかった。だが今は、お前を引き合わせてくれた白き石の女神に感謝したい。愛してる、シャウーリャ」

熱い先端が、シャウーリャの後ろに押し当てられる。襞をこじ開けてゆっくりと中に入ってきた。

「……っ」

圧迫感に思わず息を詰める。

「熱いな。それに、すごくきつい。……くそっ……お前は、痛くないか」

「痛くは、ないです。でも、すごく大きくて……」

思ったことを口にすると、ヴィハーンがぐうっと呻いた。

「お前、なっ……こっちは我慢してるのに……！」

「え、あ」

まずいことを言っただろうか。うろたえていると、ヴィハーンはシャウーリャの唇を乱暴に塞いだ。

「俺の妃は、男を煽るのがうまいようだな」

言いながら、ぐっと腰を突き立てる。何度か口づけを繰り返し、時間をかけて奥まで進んでいった。

やがて根元まで埋め込むと、ヴィハーンはホッと息をついた。汗ばんだ額をかき上げ、シャウーリャに「苦しくないか」と尋ねる。

中がいっぱいになっている感覚はあるが、苦痛はなかった。そう答えても、ヴィハーンは腰を動かす時、ゆっくり慎重にしてくれた。

緩く、シャウーリャの反応を窺いながら揺する。浅いところを突かれた時、シャウーリャは我知らずびくっと身を震わせた。

「大丈夫か」

ヴィハーンは慌てて引き抜こうとしたけれど、痛みを感じたわけではなかった。むしろその逆だ。

「あの、今、何か……」

気持ちがよかった、というのははしたない気がして、口ごもる。ヴィハーンはそれだけで何か察したようだった。

「そうか。ここがいいのか」

うっすらと笑い、同じところを突き上げる。またぞわぞわと、得体の知れない快感がせり上がってきた。射精の時の開放感がずっと続く感覚だ。

「いいみたいだな」

ヴィハーンは言って、腰を揺すりながら器用にシャウーリャの性器をしごいた。シャウーリャのそこは、いつの間にか勃起し、そればかりか鈴口から蜜を滴らせていた。

「ん……っ、ヴィハーンさ、ま……またっ」

また自分だけ達してしまう。縋《すが》るような目を向けると、ヴィハーンも何かをこらえるように眉をひそめているところだった。

「俺も……限界だ」

ゆっくりと優しかった動きが、次第に速くなる。同時にシャウーリャの快感も強くなった。

最も感じる一点をガツガツと穿《うが》たれ、性器を擦られて、もはや理性など保つことはかなわなかった。

「ぅ、んっ……あぁっ」

目の眩むような快感が弾ける。身を震わせながら吐精し、独りでに秘孔がきゅうきゅうと締まる。

うっ、とヴィハーンが呻いた。

「ああ……っ……シャウーリャ」

ヴィハーンが縋るように名前を呼ぶ。シャウーリャの中の男根がびくびくと脈打った。

「あっ、く……っ」

眉を寄せ、喘《あえ》ぎながら腰を震わせる。射精が止まるまで、ずいぶんかかった。

「シャウーリャ」

目をつぶって快楽に身を委ねていた男は、再びまぶたを開いて息をつく。愛おしそうにこちらを見下ろし、シャウーリャの汗に濡れた額を手の平で拭ってくれた。

熱い手の平の感触にうっとりし、シャウーリャの中に切なさに似た愛おしさがこみ上げてくる。

「……好き」

気づくと、つぶやいていた。

「ヴィハーン様、好きです。大好き」

心の赴くままに言葉を紡ぐ。子供みたいな告白だ。でも、気持ちが溢れて止まらない。

ヴィハーンはそれに、とびきり甘い笑顔を向けた。

「ああ。愛してる、シャウーリャ。これでもう、俺たちは名目だけではない、本当の夫婦になったんだ」

出会った時は、形だけの夫婦だった。でも今、二人は身体ごと繋がっている。男同士であろうと、その事実に揺るぎはない。

奇跡のような現実を、シャウーリャは実感した。

## エピローグ

湖水地方に来て、ふた月が経った。

この頃は朝晩の気温も涼しくなって、夏の終わりを感じている。湖水地方での生活も、もうすぐ終わる。

夏の滞在も残り少なくなってきた今日、ヴィハーンは居室の中央で、シャウーリャの長い髪を丁寧にくしけずっていた。

掃除をしやすいよう、布を敷いた上に椅子を置き、シャウーリャはそこに座らされている。

そばには、本邸お抱えの理髪師が控えていた。

「王都に戻ってお前を見たら、ガウリカがひっくり返りそうだな」

ヴィハーンは髪を梳かしながら言う。その声には、面白がるような色があった。

「きっと手入れがしやすくなったと、喜んでくれますよ」

くしけずるヴィハーンの手つきは、侍女顔負けに丁寧で優しく、シャウーリャはうっとりしながら答えた。

尻まで伸びた髪を切りたいと言ったのは、シャウーリャ自身だ。

この避暑地を訪れた初め、ダミニに髪の端をほんの少し切られ、整えてもらっているうちに、それならいっそ、もっと短くしようかと考えたのだ。

このふた月の間、ヴィハーンと共にあちこちに出かけて、後ろの三つ編みが少々重たく感じるようになったというのもある。

これからもシャウーリャは、ヴィハーンと行動を共にするだろう。宮殿で引きこもっていた時ならいざ知らず、尻まで届く髪は動きづらい。

王都に帰る前にまた、本陣の村で温泉にも入るだろうから、その前に切ってしまおうと思った。

髪を短くしたいと告げると、ヴィハーンは自分が最初に鋏《はさみ》を入れたいと言い出した。

「短くするのは初めてなんだろう？　仕上げは理髪師に頼むにしても、他の男がお前の初めてを奪うというのが嫌だな」

真顔で言われて、よくわからないまでも、了承した。

心を通じ合わせてからヴィハーンは、たまにこういう執着を見せるようになり、最初のうちは戸惑ったのだが、最近ようやく慣れてきた。

この湖水地方を訪れてから、実に様々なことがあった。

その多くは、ここを訪れてすぐに起こったのだが、その後も変化はあったのだ。

初めて身体を繋げたあの日、ヴィハーンは傷口が開いてしまい、再び手当てが必要になった。

当然といえば当然だ。シャウーリャもヴィハーンと一緒に、ダシャや医師からこってり絞られた。

ヴィハーンはあまり反省した様子もなかったが、シャウーリャはしばらく落ち込んだ。その場の感情と快楽に流されて、大切な人を危険に晒してしまったのだ。

自分はもう名実共にヴィハーンの伴侶なのだから、夫が無謀な真似をしたら、いさめるのも妻の役目だ。

そう考えて、その後も医師の許可が下りるまで、ヴィハーンが隙あらばちょっかいをかけてくるのを、ぴしゃりぴしゃりとかわした。

あまり突き放すのも可哀そうなので、ヴィハーンの傷に障らない程度の行為に応じることもあった。夜は一緒に寝る。ヴィハーンがこれだけはどうしてもと駄々をこね、シャウーリャと身体を繋げてすぐ、寝室も一緒になった。

隣で眠るだけで交われないことが、シャウーリャにとってももどかしかったけれど、それも幸せな不満だと思う。

ダミニはその後、サリーム将軍に引き渡され、王都へ戻った。

王族を故意に傷つけたのだから、本来ならばダミニ本人ばかりか、一族も咎めを受けるところだ。シャウーリャにもし何かあったら、外交問題にも発展しかねなかった。

ヴィハーンはシャウーリャと話し合った末、今回の事件を公にしないと決め、ダミニの処遇はサリーム将軍に任せることになった。

それを伝えてすぐ、サリームは将軍職を辞している。退職後に受けるはずだった年金も返上して、一家は王都を出て、サリームの母方の故郷に移ったと聞いている。

シャウーリャも承知したことだが、この処遇が正解だったのかはわからない。ダミニに対しては同情と怒りが半分ずつあって、複雑な気持ちだ。

ただ、幸いにもヴィハーンの命に別状はなかった。国家に関わることならいざ知らず、痴情のもつれで一族が罰せられるのは不条理だ。

父親が辞職し、ダミニも家族も貴族としての地位と暮らしを失うことになった。罰としてはじゅうぶんだと思うのだ。

「何を考えている？」

背後でヴィハーンの声がした。シャウーリャは「ダミニ嬢のことを」と、正直に答える。髪を梳く手が止まった。

「もう、あんなことは二度と起こさない。一生お前だけだ。約束する」

浮気はしないぞ、ということだ。シャウーリャは驚いた。ヴィハーンに対してではなく、その心配を少しもしていなかった自分にだ。

そういえば彼は、音に聞こえる女たらしなのだから、そういう不安もあるのだった。でも今のところ、彼の目にはシャウーリャしか映っていないようだ。

「今は信用してくれなくても構わない。これから一生をかけて、それを証明するから」

シャウーリャの返事がないのを不安に思ったのか、ヴィハーンが言葉を重ねる。シャウーリャは思わず笑ってしまった。

「何十年先になるかわかりませんが、言葉が本当になるのを楽しみにしています」

これから二人には、どんな未来が待っているのだろう。何があっても、ヴィハーンと一緒なら楽しい気がする。

「切るぞ」

髪を梳かし終えて、ヴィハーンは理髪師から鋏を受け取った。シャキ、と肩口の辺りで音がする。最初はシャウーリャも緊張した。

しかし、ヴィハーンは器用に鋏を操ったようで、理髪師がヴィハーンから鋏を渡された後、仕上げに手を入れたのはほんの少しだった。

「ほら、見てみろ」

ヴィハーンが言い、王子手ずから、シャウーリャの前に鏡を掲げてくれる。

肩よりわずか下で切り揃えられた銀の髪は、首を振るとさらさらと軽やかに揺れた。

「頭がすごく軽いです」

「ずいぶん伸びていたからな。以前も神秘的で美しかったが、こちらの髪型も妖精のように美しく可愛らしい」

ヴィハーンが例のごとく褒めてくれる。シャウーリャは笑って椅子から立ち上がった。

本当に軽い。これなら、ヴィハーンと同じ早さで歩ける気がする。もう少し、体力を付ける必要はあるけれど。

「ありがとうございます、ヴィハーン様」

シャウーリャは軽くなった身体で夫に近づくと、ひょいと爪先を立てて背伸びをした。ヴィハーンの唇に音を立てて口づけする。

にっこり微笑むと、ヴィハーンの顔がさあっと赤くなった。


—終—

こんにちは、初めまして。小《こ》中《なか》大《だい》豆《ず》と申します。

女たらしの王子とうぶな男嫁の王族婚、いかがでしたでしょうか。

今作は既刊「盗賊王の溺愛花嫁」でもイラストを描いていただきました、石《いし》田《だ》恵美《めぐみ》先生に再びご担当いただくことが決まっておりました。

前回の衣装がとても素敵だったので、担当様とあれこれ相談しまして、今回も石田先生の美麗な絵で、民族衣装を着た攻と受が見たい！　ということで、今作の構想が始まりました。

前作と今作はまったく別のお話なのですが、私の中で勝手に「民族ファンタジーシリーズ」と銘打っております。

今回も素敵なイラストを描いていただき、石田先生に感謝申し上げます。本当にありがとうございました！　特に攻の色気がすごくて、ラフをいただいた段階でニヤニヤしっぱなしでした。

そんな今作のお色気担当、攻のヴィハーンは女たらし。女の人が大好きなドノンケです。

男同士なんてゾッとする、なんて言っているような女好きが、国教の慣例に従って男の嫁をもらうところから、お話が始まります。

# あとがき

特殊な生まれから、男なのに妃として嫁ぐシャウーリャは、箱入り息子の真面目な天然さんです。

外見がキラキラしていますが、中身は意外とごく普通の男子なのではないかなと思っております……パイパン陥没乳首ということを除いて。

書き始めた当初はそんな設定はなく、ただ、中性的な見た目でヒゲは生えなさそうだな～というくらいでした。

しかし書いている途中で頭の中に突然、「シャウーリャは無毛で陥没乳首」という、白き石の女神のご神託がありまして（笑）、このようなことになった次第です。

ついでにヴィハーンも、下の毛のお手入れなど欠かさないところが遊び人ぽいかも、と考えまして、無毛となりました。自分で剃ってるのかな？と気になったのですが、王子なのでたぶん、専用のエステティシャンがいるのだと思います。

架空の世界ですが剣も魔法もなく、宮廷モノだけど政争もない、わりと平和なお話でして、物足りない方がいらっしゃいましたら、申し訳ありません。

陰謀とかは疲れるので、ちょっと糖分を摂取したい、なんていう時にお読みいただければ幸いです。

最後になりましたが、本作をお手に取ってくださいました皆様、ここまでお付き合いいただき、ありがとうございます。ノンケなガキ大将と真面目な天然の甘々カップルを、少しでも楽しんでいただけたら幸いです。

それではまた、どこかでお会いできますように。

小中大豆

CROSS NOVELSをお買い上げいただき
ありがとうございます。
この本を読んだご意見・ご感想をお寄せください。

〒110-8625
東京都台東区東上野2-8-7　笠倉出版社
CROSS NOVELS 編集部
「小中大豆先生」係／「石田惠美先生」係

CROSS NOVELS

溺愛王子、無垢なる神子を娶る

著者
小中大豆


2021年11月23日　初版発行　検印廃止

発行者　笠倉伸夫
発行所　株式会社 笠倉出版社
〒110-8625　東京都台東区東上野2-8-7　笠倉ビル
[営業]TEL　0120-984-164
FAX　03-4355-1109
[編集]TEL　03-4355-1103
FAX　03-5846-3493
http://www.kasakura.co.jp/
振替口座　00130-9-75686
印刷　株式会社 光邦
装丁 Asanomi Graphic
ISBN 978-4-7730-6316-5
Printed in Japan